JN166741

集英社オレンジ文庫

君が香り、君が聴こえる

小田菜摘

本書は書き下ろしです。

君が香り、君が聴こえる

もくじ

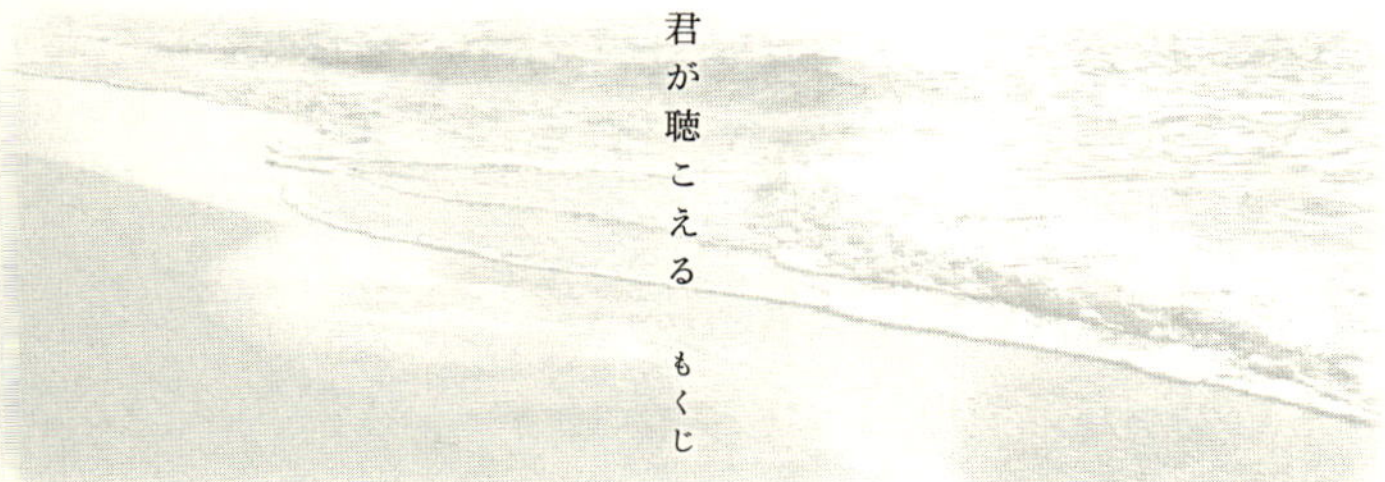

君が香り、君が聴こえる

友希《ゆうき》、君に会いたい。顔を知らない、大好きな君に。

一章　感じる光

「パソコンの、むかって右から十センチ横」

暗闇《くらやみ》の中からとつぜん聞こえた女の声は、先ほどから流れつづけているチェンバロの音色よりも軽やかだった。

有村蒼《ありむらそう》は正面にむかって伸ばしていた右手を止めた。自分が見当違いの方向を探していたことより、聞き覚えのない声のほうに彼は驚いていた。

「誰?」

左手にCDのケースを持ったまま、首を動かさずに尋ねる。たいていの人が無意識のうちにする「声がした方向に顔をむける」という行為も、視力のない蒼には縁がないことだった。人より小さな顔にくっきりと刻まれた二重瞼《まぶた》の下で、深海のように濃い色をした瞳は一見なんの変哲《へんてつ》もないようだが、よく見ると焦点は常に遠くを眺めている人のように定まっていない。

返事を待っていた蒼は、不意に右手首をつかまれてぎくりとする。視覚のない状態では、無言で接触されることは本当に驚かされるのだ。なにしろ暗がりの中、とつぜん腕をつかまれるようなものなのだから。

強引に誘導された指先が、形も大きさもちょうど南瓜《かぼちゃ》のような小型のプレイヤーに触れる。チェンバロの音色はここから流れていた。

「これでしょ?」

恐縮するどころか得意げにさえ聞こえる声に、蒼は返事もできずに啞然としてしまう。

もちろんこれがどこかの飲食店での出来事というのなら彼も驚かなかった。目の悪い人間に物の在り処《あか》を伝えるのに、左右ではなく〝あそこ〟だとか〝ここ〟などの単語を使う者はざらにいる。気を利かせたつもりで誘導しようとして、声もかけずに身体《からだ》に触れてくる人間がいたって不思議ではない。

だがここは、視覚障害者の生活を支援するための施設である。そんな場所で、よもやこんな乱暴な真似《まね》をされるとは思ってもみなかった。

「あれ、もしかしてちがったの?」

返事をしない蒼をどう思ったのか、手首を放してから女は尋ねた。はきはきした歯切れのよい喋《しゃべ》り方からは、自分の不躾《ぶしつけ》さに気付いた気配はうかがえなかった。

いらだちを覚えた蒼は、皮肉半分に問い返す。

「そうですけど、指導員さんですか？」

「ちがうわ。通りすがりの研修生よ」

あっけらかんと言ってのけた彼女に、蒼はあからさまに不審な表情をした。とはいえ研修生という言葉には納得していた。目の不自由な人間に生活や職業訓練の指導をする施設の指導員が、先刻のような不作法な真似をするなど考えられない。だが不慣れな研修生というのなら分かる気がしたのだ。

「本当よ。嘘《うそ》だと思うのなら、トウドウユウキっていう名前の研修生がいるかどうか、施設の人に訊《き》いてみて。東西南北の〝東〟にお堂の〝堂〟よ。今日も点訳《てんやく》の作業を完璧にこなして褒めてもらったんだから。あ、友希《ゆうき》は友達に希望って書くの」

「別に疑っていないよ」

一方的にまくしたてる友希に、ぞんざいに蒼は答えた。彼女があまりに馴れ馴れしいので、自分ばかり敬語で応対するのが馬鹿馬鹿《ばかばか》しくなってしまったのだ。

どう受け止めたのか、それまで明朗《めいろう》だった友希の声音《こわね》が少し神妙になった。

「ごめんなさい。とつぜんで驚いたでしょ」

「そりゃあ、ここは僕の個室ですから」

やっと気付いたのかと、なかば呆《あき》れつつ蒼は答えた。通所が困難な利用者のための個室は江戸間《えどま》にして六畳ほどで、寝台と机が備えつけてあった。机の中央には自宅から持ってきたノートパソコン、左端にはケースの中に並べた数枚のCD、右端には南瓜のような形のポータブルのプレイヤーが置いてある。

蒼は改良された視覚障害者向けのソフトを学ぶため、昨日から五日の予定でパソコンの研修を受けていた。画面を音声化してくれるソフトを入れておけば、目が見えなくてもパソコンを使うことができる。カーソルの位置を確認することはできないので、操作はマウスを使わずキーボードのみとなるが、パソコンは目が悪い人間にとっても重要な情報源となるのだ。

午前中に研修室で指導員が教えてくれたことを、午後になって自分のパソコンで復習していた。途中、休憩がてらにCDをいじっていたところにとつぜん声をかけられ、あげくこんな無作法な真似をされたのだから驚かないはずがない。

蒼の素っ気ない返答に、戸惑いがちに友希は言った。

「……扉、開いていたし、困っていたみたいだから」

「え？」

蒼は首を傾《かし》げた。扉を開けたままにしていたつもりはなかったが、もしかしたら閉め忘れていたのだろうか。十分ありうることだ。見られていることが分からないので、他人の視線には無頓着《むとんちゃく》になってしまっている。ではひょっとして友希は、机の前でまごついているところを見かねて部屋に入ってきたのだろうか。

(悪かったかな……)

少しばかりの罪悪感と後悔がこみあげた、その矢先だった。

「あ、それ聞くんでしょ。あたしがセットしてあげる」

やたら明るい声で言うと、友希は蒼の返事も待たず、彼が左手に持っていたCDケースを奪い取った。呆気《あっけ》にとられる蒼の首筋と肩に、なにか軽いものがぱさりと触れ、甘酸っぱい香りが鼻をかすめた。

(香水? シャンプー?)

首筋を押さえつつ、蒼は考えた。動いたはずみで髪の毛かなにかが当たったようだ。こんなふうにぶつかるのなら、彼女の髪の毛は長いのだろうか?

「え、Ｂａｃｈって、なにこれ? ＢＷＶって車?」

友希の甲高《かんだか》い声に、蒼は物思いから立ち返る。

「ドイツ語。ヨハン・セバスティアン・バッハのこと。ＢＷＶは車じゃなくて、バッハの曲のこと」

「へえ、そうなんだ。バッハなんて言葉、中学校の音楽以来久しぶりに聞いたわ」

　恥ずかしがるふうもなく友希は語るが、初対面とは思えぬ彼女の遠慮のない態度に、蒼はうんざりしかけていた。もちろんオルガニストという母の職業柄、クラシック、その中でも特にバロック音楽と縁の深い環境で育った自分の感覚が、十八歳の男子としてあまり一般的でないことぐらいは彼も自覚していたのだが。

「蒼君、バッハが好きなんだ」

「なんで俺の名前？」

「扉のところに名札がかかっていたよ。文字と点字の両方ね」

　まるで種明かしでもするような友希の言葉に、蒼は意外な顔をした。

「名札なんてあるんだ。知らなかった」

「どうして、点字があるのに？」

「だって俺、点字は全然読めないから」

　え？　と友希は短く声をあげた。蒼はひょいと肩をすくめた。

「中途失明の人間にはわりと多いよ。あれをあとから覚えるのは、並大抵《なみたいてい》のことじゃない」

「………」

　黙りこんだ友希の表情は見えずとも、蒼は彼女の失望をひしひしと感じていた。

　おおかたボランティア精神と現実のギャップに、消沈しているのだろう。点訳をしてあげれば大きな人助けになるとでも思っていたのかもしれない。

「――そうなんだ」

ぽつりと友希がつぶやいた。

「打つのは思ったより簡単だったから、読むことがそんなに難しいなんて思わなかった」

その声があまりにも消沈していたので、さすがに少し気の毒になった。

「別に、そんなにへこまなくても」

なだめるように蒼は言った。扉が開いていたと聞かされたときに覚えた罪悪感がいまさらよみがえって、少し焦ったような気持ちにさえなってしまう。

「点字は使える人には本当に必要なものだから、点訳自体は全然無駄な行為じゃないよ」

一応励ましのつもりで口にしたのだが、友希は返事をしなかった。黙りこくってしまった彼女に、蒼はふたたび閉口した。沈黙は蒼にとって、たとえ真横にいる相手でもいないものと同じにしてしまう行為である。逆もまた然《しか》りで、黙って去られてしまったらその人がいなくてもいると思ってしまうのだ。

（まったく、研修に来ている人間ならそれくらい気遣えよ）

今度はいらいらしながら、蒼は友希の返事を待った。考えようによっては蒼が相手の存在を無視することも簡単なのだが、反発を募《つの》らせることでかえって友希の存在を意識してしまっていた。

「ありがとう、ちょっと立ち直った」

ようやく聞けた友希の言葉に、蒼は見えない目をかすかに見開いた。

彼女の声音は明るかったが、言い回しはやけにぎこちなかった。感情の高ぶりを表現するのに大きな声を出すことしかできない、下手くそな女優の台詞《せりふ》のようだった。

「――なら、よかった」

「蒼君、優しいね」

思いがけない言葉に、にわかに居心地が悪くなる。友希が立ち直ってなどいないことは気付いていたが、それを気遣ってやるほど親切ではなかった。だというのに優しいなどと言われては、なんとも心苦しい。

プツッ、という音とともに、通奏低音《つうそうていおん》のように流れつづけていたチェンバロの音色が止《や》んだ。かちゃりと蓋《ふた》の開く音がして、友希がＣＤを入れ替えたことが分かった。

「もう、帰るから。ごめんね、お邪魔して」

「あ、いいえ」

「明日も研修があるから、また顔を出してみるね」

蒼は真剣に自分の耳を疑った。そんな彼の反応に気付いているのかいないのか、確かめる術《すべ》もなく友希の足音は遠ざかりかけたのだが――。

「蒼…、あら?」

扉のほうから聞こえたのは、母の声だった。

「あ、こんにちは」

臆《おく》することもなく友希はほがらかに挨拶《あいさつ》をする。

「あ、お世話になっております」

「ちがいます。私、職員じゃありません。研修生です」

母のかんちがいを、友希はすぐさま訂正した。そのあと短いやりとりを交わしてから、
今度こそ友希の足音は遠ざかって行った。

「研修生って、看護師さんか福祉士の人かしらね」

中に入ってから、母は少し意外そうに言った。パイプ椅子《いす》を引きだすがたがたとした音があたりに響いた。一人でいるときは使わないので寝台の下にしまってあるのだ。ものを壁にたてかけておくことは、壁伝いに歩く人間にとって危険極まりない。

「さあ、訊かなかったけど」

「蒼と同じくらいかしらね。もしかしたらもう少し上かも。きれいなお嬢さんよ。ふわってウェーブのかかった飴《あめ》色の長い髪で、すらっとして手足が長くて――」

母はやけに事細かく友希の容姿を語りだした。もともとが喋り好きというのもあるが、目が悪い息子に説明する意味が大きいのだろう。

「Tシャツにジーンズだけだったけど、スタイルがいいからすごく垢《あか》抜けて見えたわ」

「ふぅ〜ん」

蒼はおざなりに返事をした。母の気持ちはありがたいが、相手の姿を見ることができないから、若かろうがきれいだろうがまったく関心がわかなかったのだ。

空気を読んだのか、はたまた偶然か、母はがらりと話題を変えた。

「それにしても今日は蒸し暑かったわ。空気が粘りつくっていうのかしら。ここに来る前に買い物に行ってこようと思ったけど、あんまり暑かったからやめにしたわ」

うんざりしたように母は語る。六月中旬に梅雨《つゆ》入りをしてから数日たつが、蒼は屋内にいることがほとんどなので、気候のほうはよく分からなかった。

「昼間に買い物って、今日は休み?」

「そうよ。仏滅だからね」

息子の問いに答えたあと、思いだしたように母は言った。

「そうそう。お母さん、明日は録音で遅くなるから、お父さんに来てもらうから」

「別にいいよ。入院じゃないんだから、そんな毎日来なくても」

苦笑交じりに蒼は応じた。録音とはオルガン演奏をＣＤに録音する作業である。ＣＤはコンサートの聴衆や支援団体に配布するためのものだった。

「今度はなにを録音するの？」

「バッハのオルガン協奏曲を中心に、それを何曲か」

母にとって十八番《おはこ》でもあるバッハのオルガン協奏曲とは、ヴィヴァルディ等の他者による既存の協奏曲を、バッハがオルガンの独奏曲として編曲した作品である。独奏曲なのに協奏曲という名称がつくのは不思議な話だと思う。

「そういえばＢＷＶ五百九十三は、蒼も練習していたわね」

「………」

母がどういうつもりでその言葉を言ったのか、対して自分がどんな顔をしているのか蒼は想像がつかなかった。

なんと答えようか迷っていると、くすっと母の笑い声が聞こえた。

「いいわよ。人生長いんだから、二年や三年ぐらい休んでいても。見えるようになったらまた思いっきり弾きなさいよ」

翌日、本当に友希はやってきた。

蒼はキーボードを操作していた指を止め、まさかと思いつつも尋ねた。

「東堂《とうどう》さん?」

「え、どうして分かったの?」

素《す》っ頓狂《とんきよう》な声をあげる友希に、ノックぐらいして来いと蒼は内心で毒づいた。もしかしたら自分がまた開けっ放しにしていたのかもしれないが、だからといって声掛けもなしに他人の部屋に入ってくるなんてありえないだろう。

「香りだよ。香水かなにかつけている?」

昨日鼻をかすめた甘酸っぱい香りは、紅茶を柑橘《かんきつ》系のベルガモットで香り付けしたアールグレイティーに似ていた。

「すご〜い。本当に鋭いね」

「見えなくなって、もう二年近いから」

どうということもないように告げると、友希は一瞬黙りこんだ。だがすぐに、やたらと明るい声で返す。

「でも、ちょっとちがうわよ。香水じゃなくてコロンだから」

「どうちがうわけ?」

「香水のほうが少し強いのよ」

断固として友希は言うが、男の蒼にそんなことを力説されても分かるわけがない。そもそも研修にコロンをつけてくるなんて、非常識とまでは言わずとも場違いもはなはだしいだろう。母が言うように看護師か福祉士、あるいは教育関係かもしれないが、いずれにしろこんなものをつけてきて指導員から注意はされないものだろうか？

いろいろと不満を募《つの》らせているうちに、ふと蒼は思いつく。

（ていうか、学生だったっけ？）

喋り方と研修生という言葉から、漠然《ばくぜん》と社会人ではないだろうと思いこんでいたが、そういえば友希は自分の年齢や身分を名乗ってはいない。同じ歳《とし》くらいだと母は言っていたが、姿が見えないのでいまひとつ伝わってこない。

「いくつ？」

先に訊いてきたのは友希だった。

自分の心を読まれたのかと思って、蒼は驚いた。

「あ、十八」

「じゃあ、私がひとつ上ね。蒼君、しっかりしているから年上かと思っちゃった」

ごく自然に友希は言うが、本当にそう思っていたのなら初対面からいきなり〝蒼君〟はないと思うのだが。

疑わしい思いで首を傾げていると、とつぜん頬《ほお》に生暖かい息がかかった。反射的に上半身をそらすと、アールグレイのような香りがつんと鼻の奥を刺激した。

「でも顔だけを見たら、けっこう童顔ね」

こっちの驚きも知らずに、からかうように友希は言う。正面から伝わるかすかな熱れ《いき》にぎくりとする。ひょっとして、いまものすごく接近されているのだろうか？　動揺を押し隠しつつ、蒼は答える。

「知らないよ。自分の顔なんて二年見ていないから」

「心配しないで、ちょっと人目を惹《ひ》くぐらいには美少年よ」

「……………」

もうどう言ってよいのか分からず、蒼は憮然《ぶぜん》とするしかできなかった。

「ね、椅子かりていい？」

「え？」

蒼が返事をする前に、がたがたと物を引く音がした。どうやら寝台下のパイプ椅子を引きずりだしているようである。研修生だから収納場所ぐらい知っていても不思議ではないが、座りこむなんて長居をする気満々ではないか。

「大丈夫、ぶつからないようにちゃんと片付けて帰るから」

あまりに友希がほがらかなので、ひょっとして自分は彼女を歓迎するような表情をしているのかと、なかば真剣に蒼は疑った。

（なにを考えているんだ、この人？）

諦めと開き直りの気持ちから、蒼は自分から彼女に問いかけた。

「研修生って言っていたよね。こんなところで油を売っていていいの？」

「今日はもう終わったのよ」

絶妙のタイミングで備えつけの音声時計が十六時という時刻を告げた。大学や専門学校の研修ならそれくらいの時間に終了なのだろうか？　経験したことがないからよく分からなかった。

「ていうことは、大学生？」

「うん、桐凛《とうりん》大学の教育学部。二年生よ」

友希の口から出た校名に、蒼はちょっと驚く。そんな反応に気付いたのか、友希は問い返した。

「知っている人でも？」

「あ、二年前まで高等部にいたから」

「え、そうなんだ。あたし北海道出身で、大学からだから知らなかった」

驚いたように友希は言うが、別の意味で蒼も驚いた。外部入学ということは、存外に優秀な学生ということになるからだ。母校の桐凛学園は、小学校から大学までの一貫教育を謳《うた》っているミッション系のいわゆる名門校で、特に高校、大学からの入学にはそれなりの学力が要求されるのだ。ちなみに蒼は小学校から桐凛の生徒だった。中、高は同じ敷地にあり、小学校と大学は別の敷地である。

「だから高校からの友人も、何人か通っているから」

「え、誰？」

「学年がちがうから多分知らないよ」

「そんなことないわよ。これでもあたし、顔広いんだから」

それは言われなくても、なんとなく想像できた。

「ね、名前言ってみて。もしかしたら知っているかもしれないよ」

知ってどうするんだと思ったが、やけに友希が食い下がるのでしぶしぶ蒼は口を開く。

「浅葉《あさば》貴志《たかし》と——」

「と？」

「いや、そいつだけ。高校のときからの友人」

つい滑りでそうになった名前に、蒼はあわてて口をつぐんだ。

「浅葉貴志君……学部は？」

「多分、経済学部だったと思う」

「経済学部……う～ん、ごめん知らないわ」

ほらみろと内心で思ったが、もちろん友希が知るよしもない。

「今度探してみるね。会ったよって言ったら驚くかな？」

「……多分ね」

いろいろな意味でという言葉を呑《の》みこみつつ、蒼は適当にあいづちを打った。

そこでいったん会話が途切れ、それをきっかけに蒼はふたたびキーボードに手を伸ばした。こっちだって遊びで来ているわけではない。いつまでも付きあう義理はない。そう自分に言い聞かせて無視しようとしたが、常にただよう香りのせいで友希の存在を消すことができなかった。

――人の視線を意識するなんて、失明してからなかったのに。

集中力を欠いたことでつまらない操作ミスをし、それを音声で指摘されて思わず舌を鳴らす。

「へえ、そうやって使うんだ」

感心したように友希は言うが、ミスにそういう反応をされてはなんとも複雑だ。

あきらめて蒼は、キーボードから手を離した。

「あれ、やめちゃうの？」

残念そうに友希は言う。誰のせいだと内心反発したが、ひとまず気を取り直して答える。

「今日はもう気分じゃないから」

「じゃあ、なにかＣＤかけようか？」

「あ、うん……」

まだ長居するつもりなのかとたじろいだが、正直に訊くわけにもいかず、ぎこちなくうなずく。そんな蒼のためらいなど、友希はいっこうに気付いたふうもない。

「なにかリクエストある？　あ、でもこれ全部輸入盤で横文字ばかりだから、タイトル言われても分からないかも」

「いいよ、適当に選んで。だけど順番を変えられたら分からなくなるから、元の通りには戻しておいて」

「ああ、そうなんだ。そうしているんだね。うん、分かった」

一方的に納得すると、友希はかしゃかしゃと音をたてはじめた。どうやらＣＤを物色しているらしい。

なんだか妙なことになったと、蒼は思った。友希の態度がどうにも解《げ》せない。面とむかって「邪魔」だとは言っていないだけで、自分は歓迎的でも友好的でもまったくないと思う。だというのに、この親しみの押し売りのような言動はいったいなんなのか?

このままもやもや悩みつづけるのも嫌で、思いきって蒼は尋ねた。

「俺に訊きたいことでもあるの?」

「え?」

ちょうどそのときCDが鳴りはじめた。馴染《なじ》みのある合唱曲はBWV二百四十四マタイ受難曲の第一曲『来たれ、娘たちよ、われとともに嘆け』である。

哀切に満ちた旋律《せんりつ》が流れる中、蒼は冷ややかとも取れる声音で訊いた。

「研修でレポートでも書かなきゃいけないの?」

見えずとも友希がどんな表情をしているのか、蒼にははっきりと想像ができた。

図星だったらさぞ気まずいだろうし、本当にただの好意で近づいてきたのなら、きっと傷ついただろう。

あんのじょう、友希は声を上擦《うわず》らせた。

「迷惑?」

「そういうことじゃなくて」

それなりの罪悪感を抑えつつ、蒼は素早く切り返した。

「普通に考えておかしいだろ。どうしてそんなに親切なの？」

親切というのも少し語弊《ごへい》がある気がするが、他に言いようがなかった。

「別に迷惑じゃない。だけどおかしいと思ってとうぜんだろ？」

言うべきことを言ってしまうと、蒼はじっと友希の返答を待った。

短い沈黙の間も、空気が張りつめていることを蒼は感じていた。

「――興味があったのよ」

絞りだすように友希は言った。蒼は不快も怒りも感じなかった。そんなこととうぜんだと思ったから、驚きさえもしなかった。

「そりゃあ、興味がなければ声はかけないからね」

素っ気ない蒼の言葉に、友希は少しむきになったように言った。

「調べなきゃいけなかったの、どうしても」

「目が見えないことを？」

「そうよ」

友希の声は強張《こわば》っていたが、妙な開き直りのようなものも感じた。

つまりレポートかなにかを書かなければいけないのだろうか？　ノーマライゼーション

とかバリアフリーとか、詳しい意味はよく知らないが、そんなことを勉強している学生なら必要なのかもしれない。そんなところだろうと投げやりに思いはしたが、意外なほど不快に感じていない自分が蒼は不思議だった。

いつのまにか曲は終盤にさしかかり、ボーイソプラノとソプラノの合唱に隠れていた男性合唱の声が一際高らかになった。通奏低音で流れているのはオルガンだろう。

(そういえば、ずいぶんと長いこと弾いていないな)

昨日の母の言葉もあったのか、ふとそんなことを蒼は考えた。

人生は長いから、二年や三年休んでもいいと母は言っていたが、確かに見えなくなってずっと弾いていないから、もう二年にもなるのだ。

「ごめん、怒った？」

申しわけなさそうな声に、蒼はわれに返る。アールグレイの香りがつんと鼻をつき、彼はにわかに現実を取り戻した。

「………いたんだ？」

「黙って出て行ったりしないわよ」

あきらかに失礼な蒼の言葉に、友希はむっとした声で応じた。別に嫌がらせや意趣返しのつもりで言ったわけではなかったが、タイミングからして多分そう思われたのだろう。

内心で失言を自覚する蒼に、ふいに友希は言った。

「ごめんなさい」

「え？」

「そうよね、なにか喋らなきゃ心配になるよね」

予想外の言葉に蒼は驚く。そこまでの意図はなかったが、結果として蒼は友希を責めるようなことを言った。たとえ場を取りつくろうためのものだったとしても、その直後に友希の口から蒼を慮《おもんぱか》るような言葉が出たことは意外だった。

「いや……」

毒気を抜かれ、ぎこちなく蒼は否定した。

「香りがするから、大丈夫」

「よかった。心配させたのかと思った」

先ほどの神妙さはなんだったのかと思うほど、明るい声音で友希は言った。

黙って出て行ったりしない——先刻の言葉を思いだし、本当にその通りなのかもしれないと蒼は思った。友希は不躾だから、人を気遣ったり怯《おび》えたりしない。そして怯えないから、人から逃げたりしないのかもしれない。

「どうしても、知らなきゃいけないの？」

おもむろに蒼は訊いた。

「え？」

「見えない、っていうことを」

「――そうよ」

ためらうというより、絞りだすように友希は答えた。

それでも彼女は逃げださず、嘘をつかない。

「いいよ」

短く蒼は言った。

「え？」

「訊きたいことがあれば、来ればいいよ」


蒼が視力を失《な》くしたのは、高校二年生の冬だった。

あの日、校舎を激しく揺らした地震は学校の古いガラス窓を粉砕した。たまたま窓際にいた蒼は、砕け散ったガラス片を浴びて角膜《かくまく》を損傷したのだ。

放課後で生徒が少なかったこともあり、揺れのわりに怪我人《けがにん》は少なかった。その中で自分だけがなぜこんなひどい結果になったのか、どう考えても蒼は納得できなかった。しかもどういう浴び方をしたのか、目以外はどこも怪我をしなかったのだ。周りに言わせると、顔面にすらまったく傷がないのだという。

もちろん見えなくなった当初は、どう受け止めてよいのか分からなかった。それでも移植手術をすれば視力が回復する可能性は高いという医師の言葉で、比較的早く気持ちを持ちなおすことはできていた。医師の指示に従い、すぐにアイバンクに登録し、そのときは前例から見て、待機期間は半年から一年くらいだろうと言われた。

視力を取り戻せるだろうという言葉を頼りに、蒼はそれからの日々を過ごした。

しかしそれは、とてつもない忍耐と歯痒《はがゆ》さを強要される日々だった。

以前であればなんの苦もなくやっていたことに、他人の手をかりなくてはならない。人の手をかりないようにするためには、なんらかの訓練を受けなくてはならない。こんな簡単なことをするのに、なぜ訓練などしなくてはならないのか？　そんなふうに腹立たしく思ったあと、その簡単なことができない現実に打ちのめされた。

だからなにもかも、やることが嫌になってしまった。

寝たままで過ごすわけにはいかないので、パソコン操作も含めた最低限の生活訓練だけはこの施設で受けたが、それ以上のことはやらなかった。外出もする気にならなかったので、退屈しのぎに音楽や音声変換した電子書籍を聞くぐらいしかしていなかった。

以前はできていたことが、いまはできない。その事実は認めても、そのために努力をすることは意味のないことのように思えて耐えられなかった。見えるようになってからやればいい。そんなふうに言い聞かせて日々を過ごしていた。

しかし移植にかんして、いっこうに事態が動く気配はなかった。一年を過ぎた頃は、さすがに焦りはじめ、それからさらに半年を過ぎた頃、本当に提供者は現れるのだろうかという不安がよぎるようになった。仮に現れたとしても、本当に視力は回復するのだろうかとまで考えるようになっていた。

角膜移植の手術の成功率は極めて高いらしいが、百パーセントではない。他の生徒は怪我らしい怪我もしなかったこと。ガラス片が狙いすましたように両の角膜だけを損傷させたこと。待機期間が異様に長引いていること。信じがたい不運の連鎖は、ひょっとしてあらかじめ定められていた運命だったのではと考えたとき、蒼ははっきりと戦慄《せんりつ》した。

そして今年の三月。同級生が卒業したことを機に、蒼はそれまで休学届を出していた高校を辞めた。あたりまえのことなのに、彼らにはきちんと時間が流れていたことが悔しかった。どのみちこのあと視力を取り戻しても、いまさらいくつも年下の生徒達と机を並べる気にはとうていなれない。人生というかぎられた時間の中で、自分がひどく無駄な時間を費やしているようでもどかしくてならなかった。

手元に置いていた携帯電話が鳴った。

寝台に転がっていた蒼は、発信者を確認しないまま耳に当てた。

「俺だよ」

電話のむこうから、落ちついたバリトンが聞こえた。

「ああ、浅葉か。どうしたんだ?」

現在でも唯一付きあいのある親友に、蒼は親しみをこめた声で返事をする。

「パソコンの研修、一昨日からだっただろう? どうしているかなと思って」

「大丈夫だよ。はじめての場所じゃないから」

「そうだったな。金曜日までだったっけ?」

「うん」

貴志はけして口数が多い人間ではないので、電話をしても話はあまり広がらない。それなのにわざわざかけてきた。同じ歳《とし》の友人の気配りは、物語やドラマに出てくる武骨《ぶこつ》な父親みたいでなんとなく笑える。

「あのさ――」

なにげなく切りだしかけて、蒼は口をつぐんだ。友希のことを話してみようかと思ったが、どう話してよいのか言いあぐねてしまった。変な女が訪ねてきた、どうもお前の先輩らしい。そんなふうに言って意味が伝わるものだろうか？

「どうした？」

「いや。悪い、なにを言おうと思っていたのか忘れた」

あわててごまかす蒼に、電話のむこうで貴志が「年寄りかよ」と笑った。

「そういえば――」

思いだしたように、今度は貴志が切りだした。

「今日学校で、槇谷晴香《まきたにはるか》がお前のことを訊いてきた」

親友の口から出た不快な名前に、蒼は眉を寄せた。もちろん電話のむこうの貴志はそんな変化に気付くはずもなく、さらに話をつづける。

「これで三回目だろう。だから、気になるのなら自分で電話をしてみたらいいって言ったから」

「分かった」

素っ気なく蒼が返すと、なだめるように貴志は言った。

「かかってきたら、切らないで話だけはしてやれよ」

「かかってこないよ」

会っていなくても、晴香の本音は手に取るように分かる。あの日からもう二年近くたっているのだから、本当にそんな気持ちがあるのならとっくになんらかの方法で連絡をとってくるはずだ。

結局晴香は自分が咎《とが》めを感じたときだけ、それを解消したくて身近にいる貴志を利用しているにすぎないのだ。心配している、心を痛めているということを主張して、自分が悪人ではないと誰かに、この場合は貴志に訴えたいだけなのだ。

まったく、怒りを通り越して呆れた気持ちしか出てこない。

そこで蒼はふと思いついた。

昼の友希の言動を、なぜ不快に思わなかったのか自分でも不思議だった。

あれはひょっとして、彼女の逃げない姿勢が好ましかったからなのかもしれない。厳しい質問にもはっきりと答え、気まずさをまったく恐れない。

――黙って出て行ったりしないわよ。

直前の気まずい空気の中、目の見えない蒼の前から消え去ることは簡単だったのに、友希ははっきりと否定した。あるいはあのとき蒼は、友希を信頼したのかもしれない。

電話のむこうで貴志が小さく嘆息し、蒼は物思いから立ち返った。

「前も言ったけど――」

弁明するように蒼は言う。

「目の件は、別に晴……彼女の責任だとは思っていないから」

「うん。俺はお前がそう言っていたって、何度も彼女に説明したよ」

なだめすかすように言ってから、さらに貴志はつづけた。

「それでも、彼女にはいろいろと思うところがあるんだろう」

「だから、別に槇谷のせいだとは思っていないから」

自然ときつくなった口調に、蒼はあわてて口許を押さえた。あくまでも冷静に晴香を弁護する貴志に、かすかないらだちを覚えてしまっていた。貴志は自分と晴香の問題に巻きこまれているにすぎないのに、八つ当たりもはなはだしい。

自己嫌悪を覚えていると、どう思ったのか笑いをまじえながら貴志は言った。

「分かっているって。多分そんなことを少しでも思っているのは彼女だけだよ」

蒼は黙っていたが、内心では貴志に対して申しわけない気持ちでいっぱいだった。

「そういえば、この間、久しぶりに彼女の歌を聞いたよ」

とつぜんの貴志の言葉の意味が、蒼はすぐには分からなかった。

しかし、返事をしない蒼にかまわず貴志は言った。

「あいかわらず、天井が見えていない歌い方をしているよ」

翌日も、その翌日も友希はやってきた。

自分から了解したことなので、蒼は彼女の訪室を敬遠しなかった。もちろん諸手《もろて》をあげて歓迎というわけではなかったが、友希との間で会話が途切れることはまずなかった。なにしろ彼女はとにかく好奇心旺盛《おうせい》で、よくそんなことまで気付くものだと、蒼が感心するほどいろいろなことを訊いてきたからだ。

(よほど、熱心な学生なんだろうな)

とはいえ〝ちょっと空気を読まない程度にお喋り〟という最初の印象は当たっていて、彼女はときどき答えにくいことや個人的な興味としか思えないことを訊いては蒼を面食らわせた。

不快ではなく素直に驚いた。目が見えなくなってから、そんなふうに遠慮なく物を言ってくる人間はいなかった。気を使いすぎたあげくたがいに気疲れして、結局貴志以外の人間は離れて行ってしまっていた。

しかし友希にはそれがなかった。気配りがないと言えばそれまでだが、驚くべき遠慮のなさでなんでも聞いてくる。そのくせそんなふうに絶え間なく喋っていたかと思うと、とつぜんネジが切れた人形のように黙りこんでしまう。香りのおかげで存在は確認できたが、蒼が不審な表情をすると、少ししてようやく気付いたように「ああ、ごめん」と拍子抜けするほど気楽に謝るのだ。しかも声から察するに、申しわけないと思っている空気はあまり感じられない。ときどき呆れるし、たまにむっとするが、むこうからの気遣いを感じない分こちらも気遣わずにすむので、慣れてくると非常に楽な相手だった。

やがて四日目にもなると、蒼も自分のことをいくらか話すようになっていた。

「へえ、お母さん。きれいで上品な人だと思ったけど、オルガン奏者なんだ」

「ピアニストならまだしも、珍しいだろう」

「うん、一瞬幼稚園の先生を想像しちゃった」

蒼は苦笑した。確かにマイナーであることは否《いな》めない。その母もかつては教会や学校等いろいろな職場を転々としていたが、いまはホテルの専属オルガニストとして仕事をしている。仏滅が休みとなるのは結婚式がないからである。ミッション系の女子大学でドイツ文学の教員をしている父とは職場結婚で、二人とも仕事にかまけすぎたためか、蒼は夫婦が四十間際になってできた一粒種だった。

「オルガンって、チャペルとかにある壁一面の大きなやつでしょ」

「ああいう大オルガンばかりじゃなくて、普通にデスクオルガンより少し大きいくらいのもあるよ」

「そうなんだ。あたし、デスクオルガン以外のオルガンの音って聞いたことがない」

友希の言葉に、蒼は少し考えてから告げた。

「その中にオルガン演奏のCDがなかった?」

特に大オルガンであれば生演奏の臨場《りんじょう》感には及びもしないが、友希もそこまで本格的な音色は求めていないだろう。

「え、あるの!」

「うん、ちょっと見てみて。母の録音だから、日本語で題字が書いてあると思う」

「お母さんの、すごい〜〜」

はしゃいだ声をあげ、友希は並べてあるCDを確認しはじめた。

「ないみたいよ、横文字のばっかり」

「あれ、じゃあ持ってきていなかったかな?」

「え〜、嘘ぉ」

予想外に友希の声音が落胆していたので、蒼は少々臆してしまった。なんだかものすごく悪いことをした気になる。

「あ、ごめん。よかったら、家に送ろうか?」

「え?」

「今日で研修終わるんだ。夕方には家に帰るから、住所を書いてくれれば親に――」

「じゃあ、取りに行く」

蒼が言い終わらないうちに、友希が言った。

「へ?」

「だって、送料払わせるなんて悪いもの。それに桐凛高校に通っていたのなら、県内に住んでいるんでしょ」

「市内だけど、いいよ。そんな高い金額でもないし」

「あと、渡したいものがあったの。でも今日で帰るなんて知らなかったから、持ってこなかったのよ」

心持ちふて腐れた物言いに、なんだか微妙に責められている気がしてきた。いや、多分ちょっとは責められているのだろう。今日帰るということを、せめて昨日にでも伝えておけばよかったのかもしれない。

「渡したいものって?」

「お礼を持ってこようと思ったのよ。なにがいいかなと考えたんだけど、甘い物好き?」

「いいって、そんな大袈裟《おおげさ》な」

ますます恐縮して、蒼は胸の前で両手を振った。不躾だと思っていた友希の、意外に義理堅い面を知って申しわけない気持ちになる。

「すっごく美味《おい》しい焼き菓子のお店があるのよ。それを買ってこようと思ったの」

「だから、本当に気を遣わないで………」

「そりゃあ蒼君ってなんか帰国子女っぽくて、パリとかウィーンとかのスイーツを食べ慣れて舌が肥えている雰囲気むんむんで、このあたりのお菓子なんて口にあわないかもしれないけど」

なにを根拠にそんな話を作りあげているのか、いっこうに理解できない。正真正銘、日本生まれの日本育ちなのに。

「俺、日本の洋菓子は世界一だと思っているよ」

「じゃあ、決まりね。買ってくる」

「………」

ものすごい敗北感に打ちひしがれた。かなりうまく乗せられた気がする。年二のペースで欧州のどこかの都市に行っている母がそのたびに銘菓とかいうやつを買ってくるが、近所の洋菓子店以上に美味しいと思ったことはない。あくまでも個人的な意見だが、ウィーンのザッハトルテなど、どうしてあれほどありがたがるのか理解できない。

「市内だったわよね？」

押しきるように問われ、たじたじと蒼は答える。

結局、こっちが訊くつもりだった住所番地まで言わされてしまった。

「ありがとう。明日は無理だけど、二、三日以内に持って行くから」

「分かる？」

「ネットで調べるから、大丈夫よ」

不安げに言う蒼に、上機嫌で友希は言った。これ以上遠慮をするとややこしいことになりそうだったので、釈然《しゃくぜん》としないまま了解したあと、ふと思いついて蒼は言う。

「携帯番号、教えなくていい？」

「……教えてくれるの？」

「道に迷っても、迎えには行けないけど」

口にしたあと、ならば友希にはそんなもの必要ないと思い直した。

来る前に連絡が欲しいというのなら、それはあくまでも蒼の都合である。恩着せがましいというのか、ともかく見当違いのことを言ってしまった自分が恥ずかしくなった。

（どうせ、なにかできるわけじゃないのに……）

そんな言葉を、もう一人の自分が冷ややかにささやいている気がした。日頃は抑えている惨《みじ》めさと歯痒さがこみあげて、たまらず椅子の上できつく手を握りしめてしまう。

「じゃあ、教えて」

なんのためらいもなく友希は言った。

一瞬きょとんとしたあと、拳《こぶし》からすっと力が抜けた。湯に浸したように、じんわりと指先が温かくなる。屈託ない友希の答えが、まるで抱えていた重い鞄《かばん》の取っ手を横から一緒に持ってもらったときのように、蒼の心を軽くした。

蒼は無意識のうちに表情をほころばせ、こくりとうなずいた。

それは彼が友希にはじめて見せた、警戒心のない柔らかい表情だった。

二章　触れあう光

インターホンの音が聞こえたので、蒼《そう》はソファ代わりに座っていたベッドから立ちあがった。そのまま大股《おおまた》で五歩進むと扉に到る。部屋を出て廊下を右に三歩進み、十五段の階段を下ると、そのまま正面にむかって七歩のところで玄関の上がり口の段差がある。

すっかり無意識のうちにこなすようになった計算をしながら、慣れた足取りで三和土《たたき》に下りると、蒼は鍵を外して扉を開いた。外から入ってくる空気は、熱気とともに潮の香りを含んでいた。一週間前に施設から戻るとき久しぶりに外に出たが、あのときと比べても気温はさらに上がっているようだ。

「誰だか確認してから開けろよ。不用心だぞ」

扉の先で呆《あき》れたように言ったのは、目を引くほどに背の高い青年だった。すっきりとした鼻梁《びりょう》と形のよい眉が、凛々《りり》しく落ちついた印象をかもしだしている。

聞き慣れた貴志《たかし》の声に、蒼はくすりと笑いを漏らす。

「お前だと思ったからさ。上がれよ」

さらりと告げると、蒼は踵《きびす》を返して階段を上がっていった。その足取りは軽く、知らない者が見たら彼の目が悪いとはけして思わないだろう。玄関の扉を閉めてから、貴志は蒼のあとにつづいて階段を上がった。

二階にある三部屋の手前が蒼の部屋で、出たときに扉は開けたままにしていた。八畳より少し大きいくらいの部屋ではエアコンが低く音をたて、閉ざされた窓のむこうに西日を受けた波頭《なみがしら》が黄金色にきらめく海が見える。

目の不自由な人間がたいていそうであるように、蒼の部屋は本人が動きやすくするために驚くほどきちんと整理されていた。右の壁を占める大きな棚の上半分に、ずらりとＣＤが並んでいる。ほとんどが輸入盤のクラシックで、下の段には単行本に文庫等、様々な形態の書籍がぎっしりと入っていた。

左奥には木製の机があり、天板にはパソコンが置かれ、備えつけの本棚には彼が高二のときに使っていた教科書が並んだままになっていた。

蒼は奥に進むと、窓際にあるベッドに座った。貴志はむきあうように床に腰を下ろしてから尋ねた。

「新しいソフトって、支援センターに一週間近くも泊まりこんで研修を受けなきゃいけないほど難しいのか?」

「そういうわけじゃなくて、前からあるやつがバージョンアップしただけなんだけど、最初は誰かに教えてもらわないと難しいし通うのも面倒くさいし、本当は市内在住者は通うのが基本だけど、たまたま個室が空いていたから」

「なるほどね」

貴志があいづちを打ったとき、ふたたびインターホンが鳴った。通話口は一階のリビングにしかない。セールスかなにかかと思って立ちあがりかけた蒼を貴志が制した。

「いいよ、俺が出る」

「多分セールスだと思うけど」

煩《わずら》わしげな表情をする蒼に苦笑しつつ、貴志は階段を下りていった。しかし何分もしないうちに、ばたばたと足音をたてて彼は部屋に戻ってきた。

「やっぱり、セール――」

「有村《ありむら》。お前、また携帯電話を聞き損なっただろう」

貴志の指摘に蒼はきょとんとする。確かに電子書籍や音楽を聞いていて、携帯の呼び出し音を聞き損なうことはしばしばあった。

「って、いつ？」

蒼は携帯電話の置き場所にしているヘッドボードに手を伸ばそうとしたが、大股で近づいてきた貴志に先に取りあげられた。

「うわ、五分前に三回もかけているぞ」

五分前というと貴志が来た頃だから、彼への応対をしていて聞き損なったのだろう。しかしそれが先ほどのインターホンとどう関係するのか、蒼は理解できなかった。

「で、誰だった？」

電話の発信人ではなく、訪問者について蒼は尋ねた。

察したらしく、貴志は携帯を蒼の手に戻してから答えた。

「お前の友達だって」

「は？」

「東堂《とうどう》さんっていう女の人」

名前を告げられても、蒼はすぐに納得することができなかった。

もちろん覚えてはいたし、施設から戻って数日は気になっていた。しかしそのあとはすっかり忘れていた。なにしろ二、三日以内に行くからと言っておきながら、すでに一週間たっている。そんなことだろうと思っていたから腹立ちこそはしなかったが、蒼の中であの約束はほとんどないことになってしまっていたのだ。

（なんで、今頃……）

釈然《しやくぜん》としない表情をどう思ったのか、貴志はさらに言葉をつづけた。

「ドア開けるなり〝蒼君は無事？〟って、いきなり詰められたよ」

「え？」

「お前が携帯に出ないから、なにかあったんじゃないかって心配して、この暑い中、走ってきたみたいだぞ」

とたん罪悪感がこみあげ、蒼は手の中の携帯を握りしめた。

矢も楯《たて》もたまらず立ちあがり、廊下に出る。

「有村？」

背後から貴志が呼びかけたが、かまわず蒼は階段を下りていった。

開け放したままの扉を背中に、友希《ゆうき》が三和土のところに立ちつくしていた。彼女の緩くウェーブのかかった長い髪は、西日に照らされて金色に光っていた。ざっくりとした白のサマーニットにデニムのショートパンツ。惜しげもなくさらした長い脚は無駄なく引きしまり、若竹のようにまっすぐ伸びていた。

もちろんそんな姿も、蒼は目にすることが叶《かな》わない。それでも熱気に混じって、あのコロンの香りがはっきりとただよう。

「東堂さん？」

確認するように蒼は問うた。

対して友希は、はしゃいでいるのか安堵《あんど》しているのか分からぬ声をあげた。

「そうよ、無事だったのね。よかったあ〜〜」

「ごめん、携帯に気付かなくて……」

「いいのよ。あたしだって来るって言っておいて、こんなに遅くなってごめんね。実は言っていたお店が臨時休業していたのよ。でも、どうしてもこのお店がよかったから、開くのを待っていたの。それで今日やっと再開したんだけど、理由を訊《き》いてみたら休業の理由が、ほら近頃のバター不足で――」

「と、とりあえず、あがって。友達、来ているけど」

いつまでも玄関口で喋《しゃべ》りつづけそうな友希をさえぎり、蒼は階段の方向を指さした。

連れだって部屋に戻ると、とうぜん貴志が訝《いぶか》しげな顔で待っていた。対して友希はそんな躊躇《ちゅうちょ》とは無縁のように、物怖じせずに彼に話しかけた。

「あなたが浅葉《あさば》貴志君？」

初対面の相手にいきなりにフルネームを言われ、貴志は目を丸くした。

「そうですけど……」

「やっぱりそうだ。あたし同じ大学なの。教育学部の二年生で東堂友希っていうの」

「あ、政治経済学部の一年生です」

気圧《けお》されつつも、貴志は自分の所属を告げた。彼がどんな表情をしているのか手に取るように分かって、笑いを堪《こら》えつつ蒼は言う。

「東堂さん、立っているよね？　どこか適当に座って」

蒼の言葉に、友希は蒼と貴志の間に彼らに横顔を見せるような位置に座った。

そしてなにを思ったのか、自分の右手に座る貴志にむかって言った。

「ごめんね。あたしすぐ帰るから、気にしないで」

「いえ、別に……」

あわてて貴志は答えたが、あきらかに声は戸惑っている。

「本当に安心したわ。バスを降りてから電話をしたんだけど出ないから、なにか事故でもあったのかと思って走ってきたのよ。あんまりあわてたから途中で蹴躓《けっまず》いちゃって、おろしたばかりのミュールの踵《かかと》が折れるかと思ったわ」

笑いごとのように友希は言うが、貴志の言葉から彼女が本気で心配してくれたことは分かっていた。

「ごめん、ちょうど席を離れたときにかかったみたいで」

「ううん、いいの。あたしのほうこそ、あんなこと言っておいて一週間もたっちゃって」

申しわけなさそうに言う蒼に明るく応じると、友希は立ちあがって彼のそばに歩み寄り手に触れさせるようにして紙袋を置いた。水色に白のレース模様が印刷された、上品な装飾がほどこされたものだった。

「本当に、そんなことしなくてもよかったのに……」

遠慮がちに言ったあと、蒼は紙袋をヘッドボードに置きなおして立ちあがった。

怪訝《けげん》な表情をする友希と貴志の前で、蒼は手を伸ばしたまま棚のほうをむいた。数歩進んで指先が棚に触れると、そこですっと手を上に滑らせ二つ目の段で手を止める。今度は並んだＣＤを数えるように、指を横に動かしひとつずつ触れてゆく。何番目かのところで指が止まり、蒼は迷うことなくそのＣＤを取りだした。

「これだと思う。大オルガンの録音」

蒼は友希にむかって、少しずれた方向にＣＤを差しだした。表紙には彼の母の名前が日本語で記されている。蒼はここにあるＣＤの順番をすべて記憶していた。

友希は息を呑《の》んで一連の蒼の動作を見つめていたが、やがて背中を押されたように手を出してＣＤを受け取った。

「あ、ありがとう」

「こっちこそ。他になにか聞きたい物があったら、持っていっていいよ」

罪滅ぼしのつもりで蒼が言うと、友希はぱっと表情を輝かせた。

「え〜、どうしよう……。あ、そうだ。じゃあ、この間聞いたやつ」

「マタイ受難曲?」

「BMVとかいうやつ」

「BWVね」

苦笑交じりに蒼は訂正したが、その物言いには無自覚の温かみがあった。

気恥ずかしげな顔をする友希の前で、蒼は先刻と同じ手順でCDを取りだした。

「はい」

話をしているうちに位置をつかんでいたのか、今度は差しだした手をまっすぐと友希にむけていた。CDを受け取った友希は、ため息交じりに言った。

「すごいね。なにがどこにあるのか、完璧に覚えているんだ」

「自分の部屋のことだから、そんなたいしたことじゃないよ」

「そうかなあ?　あたしには絶対無理な気がする」

大袈裟《おおげさ》に否定する友希に、蒼は苦笑しながら答えた。

「そんなことないよ。その気になったら、人間なんとかなるものだよ」

「――なんとかなるものかしら?」

ワンテンポ遅れての友希の返答を、蒼は一瞬聞きちがえたのかと思った。それまで明朗《めいろう》快活だった彼女の声が、すっと沈んだかのように聞こえたからだ。

「?」

「だってあたし、超物覚え悪いよ」

おどけたように友希は言った。明るい口調は、いつもの彼女のものだった。

気のせいかとも考えたが、やはり釈然としなかった。はじめて会ったとき友希のわざとらしい明るさを、演技の下手な女優のようだと感じたことを思いだした。

(なにかあったのかな?)

訊いてみるべきかと思ったが、独りよがりの思いこみのようでそれもためらわれる。

どうしようかと考えているところに、とつぜん友希が声をあげる。

「いけない、もうこんな時間!」

「え?」

「今日はありがとう。もう、帰るね」

「あ、うん……」

「これ返すときは電話をするから、今度はちゃんと出てね」

一方的に告げると、戸惑う蒼にかまうことなく友希は部屋を出た。ぱたんと扉の閉まる音がして、室内は静寂《せいじゃく》に包まれた。腑《ふ》に落ちないでいる蒼に、それまで存在をなくしたように黙っていた貴志が、まるで独り言のように告げた。

「お前に、あんな威勢のいい友達がいるとは思わなかったよ」

「え……」

短くつぶやいたっきり、蒼は言葉をつまらせた。貴志の口調はあくまでも落ちついていたが、疑問には感じていることはまちがいない。

気を取り直してから、蒼は口を開いた。

「うん。なんか、むこうからいきなり押しかけてきたから」

「押しかけるって？」

「見えない生活に興味があるんだって」

一瞬黙りこんだ貴志に、言いわけでもするように蒼は言った。

「別にそういう変な意味じゃなくて……」

「変な意味じゃないなら、どういう意味だよ？」

少し怒ったように貴志は反論する。

「それだけ聞くと、けっこう失礼だと思うぞ」

それは否定しない。しかしその失礼さが好ましかったのだと言ったら、貴志はどんな顔をするのだろう。

「そうだけど、あんまりストレートすぎてかえって清々《すがすが》しくてさ」

理解できないのか、貴志はあいづちすら打たなかった。

さぞかし奇妙なものを見るような目をむけられているのだろうと、蒼は思った。

「それと、なんとなくほうっておけない気がして」

「え？」

訝しげな貴志の声に、蒼は失言でもしたかのように口許を押さえた。

——なにを馬鹿《ばか》なことを言っているんだろう。

もう一人の自分が、冷ややかにささやく。

心のうちから熱いものが奪われ、すっと胸が冷えてゆくような気がした。

「ほうっておけないって？」

おうむ返しに貴志が問い返した。

唇を一度結ぶと、蒼は無理やり表情を取りつくろった。

「いや、言葉の綾《あや》」

「？」

「だいたい、人のことを気にかけてあげられるような立場じゃないから」

苦笑で感情をごまかしながら言うと、なにかを感じ取ったのか貴志は押し黙った。だが彼はさほど間をおかず、反論とも答えともつかぬ言葉を口にした。

「でも他人に無関心でいるより、そのほうがずっといいと思う」

静かだが不思議な熱のある物言いに、蒼は突かれたような痛みを胸に覚えた。無意識のうちに頬《ほお》を紅潮させていた。先刻口にした〝ほうっておけない〟よりも、さらにひどい失言をしたような気がした。

どう思ったのか、がらりと口調を変えて貴志は言った。

「そういえば、槙谷《まきたに》さんから電話かかってきたか？」

想像もしていなかったことを訊かれ、蒼は目を丸くする。見えていなくても、そんな反応は癖になってしまっていた。

「いや」

打って変わったように、はっきりとした口調で蒼は否定した。

「前にも言っただろう。かけてくるはずがないって」

「まあ、言ったけど……」

「だいたいかけてくるぐらいなら、最初からお前にとやかく訊くはずがないよ」

口にしたあと、蒼は取り付く島もない自分の物言いを反省した。

貴志は自分と晴香《はるか》の問題に巻きこまれているにすぎない。先日もそう考えたばかりなのに、こんな言い方をしてしまっては貴志もどうしようもない。

気まずい思いでいる蒼に、遠慮がちに貴志は言った。

「……もしお前が彼女の話を聞きたくないっていうのなら、二度と伝言しないけど」

「じゃあ、そうしてほしい」

迷うことなく答えた蒼に、自分から言っておきながら貴志は返事をしなかった。それでつづけざまに蒼は言った。

「俺がそう言ったからだって、はっきり槙谷に伝えてかまわないから」

「あ、うん……」

ようやく貴志は返事をしたが、それでも口調はぎこちなかった。

どうあっても気は重いのだろうが、蒼にもそれ以上どうにもできない。

蒼がどう答えようと、貴志にとって面倒であることに変わりはない。彼は同じ大学でこれからも晴香と顔をあわせなければならないのだから、あまり冷たい態度も取りにくいのだろう。高校時代は蒼を介してしか話すことがなかった二人だが、大学という自分の知らない場所で新たな関係を築いているのだから。

短い躊躇のあと、思いきって蒼は言った。

「言えた立場じゃないけど、お前がはっきりと言わないといつまでも煩わされるぞ」

「……………」

貴志がどんな表情をしているのかを見ることはできないから、蒼は自分の言葉が彼にどう受け止められたのか分からなかった。

しばらくの間、貴志は黙っていたが、やがてため息交じりに言葉を漏らす。

「彼女には、お前のことを訊ける相手が俺しかいないからな」

諦観《ていかん》したような貴志の物言いが、自分を煩わせる晴香に対してなのか、強く拒絶できない自身に対してのものなのか蒼には分からなかった。

「とにかく、お前にはもう伝えないから安心しろ」

やや強引とも思える勢いで、貴志は話を切りあげた。釈然としなかったし、心にもやもやしたものは残っていたが、突き詰めることもできずに蒼は言った。

「お前がいいのなら、それでかまわないけど」

七月に入り梅雨《つゆ》が明けた校内には、梔子《くちなし》の白い花が甘い香りをただよわせていた。

貴志は前庭の掲示板に張りだされた休講の知らせを見てあ然となった。あわてて携帯を確認すると、メールもちゃんと届いていている。朝ばたついていたので気付かなかった。

「関谷《せきや》先生、奥様が急に産気づかれたんですって」

馴染《なじ》みのある声に、貴志は振り返った。人一人分の距離を隔《へだ》て、水色の綿のワンピースに白の薄手のカーディガンを羽織った女子学生がはにかむような表情で立っていた。艶《つや》のある黒髪を器用に櫛《くし》でひとつにまとめ、ほっそりとした白いうなじを夏の日差しの下に惜しげもなくさらしている。

「槇谷さん」

「実は私も、メールを見損なっちゃったの」

槇谷晴香は気恥ずかしげな笑みを浮かべた。貴志が携帯を確認しているところから、事情を察したようだ。

「そういうことじゃしかたないな」

ため息交じりに言うと、いつのまにか近づいてきた晴香が下からのぞきこむようにして貴志の顔を見上げた。相手が誰であれ、女子と話すときは身長差があるのでこんな角度になるのが常だった。自分を見上げる晴香の物言いたげな瞳は、いつも潤んでいるようにきらめいている。妙な息苦しさを覚え、貴志はゆっくりと呼吸を繰り返した。

「槇谷さん、どうするの？」

「教室が空いていたらレッスンをしようかと思って。戸川《とがわ》さんも同じ講義を受ける予定だったから、伴奏《ばんそう》をお願いできそうだし」

戸川というのは、晴香と同じ音楽教育科の生徒の名前である。察するに彼女もメールを確認し損なったのだろう。貴志は学部がちがうから面識はないが、確かピアノを専攻していると聞いている。仲が良いようで、晴香の話にはさいさん彼女の名が出てきていた。

しかし貴志は、晴香が蒼以外の人間の伴奏で歌っている姿がどうしても想像できなかった。高校生の頃、放課後の音楽室で彼らはいつも一緒だった。一人しかいない音楽教師が吹奏楽部《すいそうがく》の顧問も兼任していたため、蒼は請《こ》われてコーラス部の伴奏を引き受けるようになり、そこでクラスがちがう晴香と知りあったのだ。

――槙谷の声って、天井知らずに高くなるんだ。

目をきらきらさせながらまるで自分のことのように興奮して蒼が言うから、音楽などかけらも興味がなかったはずなのに、貴志はどうしても彼女の声を聴きたくなって、二人がいた音楽室に足を運んでしまったのだ。

そこで貴志は、はじめて晴香を見た。

アップライトのピアノの横で歌う晴香は、西日を受けて黄金色に輝いて見えた。

きれいな娘《こ》だと、素直に思った――蒼と晴香が付きあうようになったのは、それから半月後のことだった。

「浅葉君は、どうするの？」

清水のように澄んだ晴香の声が、貴志を追想から呼び戻した。

休講で空《あ》いた時間をどうするのか、貴志がした問いを今度は晴香が問い返した。

「あ、俺は学食でコーヒーでも飲んでくるよ」

「じゃあ、もし教室が使えなかったら私も行こうかな」

なにげないような晴香の言葉に貴志は戸惑った。彼女がどういうつもりでそんなことを言ったのか分からなかった。

考えあぐねて視線をそらした貴志の目に、第一校舎横の通りから歩いてくる東堂友希の姿が映った。飴色の髪を二つに分けて緩く編み、ボーダーのカットソーに膝丈《ひざたけ》の白のパンツ姿で、やけに大柄な女子学生と連れだって足早に歩いてくる。

本当に同じ学校だったのかといまさら感心したあと、友希の表情がなんとなく険しいことに貴志は気付いた。連れの女子学生となにやら話しあっているようだが、内容までは聞こえなかった。

じっと友希を見つめる貴志を、晴香は訝しげに見上げる。

「浅葉君？」

「いや、あの人……」

答えようとしたまさにそのとき、友希は貴志の横をすっと通りすぎた。

え？　という驚きと同時に、反射的に貴志は彼女を呼び止めた。すれちがった間の距離は三メートルもなかった。

呼びかけに友希は立ち止まり、大きな目を瞬《またた》かせた。

「あら、浅葉君」

こちらが面食らうほど明るい声を友希はあげた。先刻の険しい表情などなかったことのように満面に笑みを浮かべている。少々たじろぎながら連れの女子学生を見ると、彼女は先ほどと同じであまり愉快でもない顔でこちらを見ていた。なにを話していたのかは知らないがほうっておいても大丈夫なのかと貴志は案じたが、友希はいっこうに頓着《とんちゃく》せずに近づいてきた。

「この間はごめんね。とつぜんでびっくりしたでしょう」

「いえ、こっちこそ。あいつが電話に出られなかったのは、半分は俺のせいですから」

あのときは気付かなかったが、時間からして蒼が自分の応対に出たときに電話が鳴ったのだろう。

「あれ、着信有りとか音声で伝えられないのかしら？」

「あると思うんですけど、本人が確認を忘れたらどうしようもないから」

このやりとりで、誰のことを噂しているのか晴香は理解したようだった。彼女は黒目がちの目を大きく見開き、驚いたように友希を見つめていた。

いっぽう友希は貴志の隣に立つ晴香に気付き、にやにやしながら訊いた。

「彼女？」

「……ちがいます。高校からの同級生です」

興ざめたように答えはしたが、胸中はざわついていた。それしか言いようがないはずなのに、なぜこれほど落ちつかなくなるのだろう。

「槇谷晴香です。教育学部の一年生です」

やけにはっきりと名乗った晴香に、貴志は驚いた。いつもはおとなしい彼女が、訊かれてもいないうちから自己紹介をしたことが意外だった。

対して友希は屈託なく返す。

「そうなんだ。あたしも教育学部の二年生よ」

「え、そうだったんですか？」

驚いたように晴香は言ったが、いくら同じ学部でも彼女は音楽教育専攻だ。そのうえ学年もちがうのだから、面識がなくてもしかたがない。

「うん、東堂友希っていうの。よろしくね」

ほがらかに告げたあと、友希は貴志と晴香の二人のどちらともなく言った。

「変なことを言ってごめんね。蒼君が高校のときからの友達の名前、浅葉君しか教えてくれなかったから、なんとなくその方向に頭が働かなくて」

「私は蒼君のこと、知っています」

申しわけなさそうに言う友希に、まるで宣言でもするように晴香は言った。

「私、声楽をやっているんです。それで高校生のとき、彼に伴奏をしてもらっていたから」

「へえ。そういえば、すごくきれいな声だもんね」

素直に友希は感心してみせた。そこになんらかの屈託は感じられなかった。

晴香の言動が一物含んでいることを、友希は察しただろうか。伴奏を引き受けたという関係がありながら、蒼が高校の友達に晴香の名前をあげなかったとすれば、二人の間になんらかの確執を疑っても不思議ではない。

しかし友希には、まったく気にしたようすはなかった。

「伴奏ってオルガンかピアノかな？　彼、やっぱり演奏できるのね」

明るく言った友希に、晴香は彼女らしからぬ低い声で言った。

「手術ができたら、また弾くと思います」

「え？」

意味が分からぬ顔をした友希に、補足するように貴志は言った。

「あ、角膜《かくまく》移植の話ですよ。思ったより待ち時間がかかっているみたいで」

その言葉に友希は、ひどく意外なことを聞いたように目を瞬かせた。どうやら失明の理由や移植の件についてまでは、聞かされていなかったようだ。まだ知りあって間もないようだったから、そこまで込み入った話はしていないのだろう。

「あ、そうだったんだ……」

よほど驚いたらしく、どこか動揺を残しつつ友希は言った。

そのとき、いつのまに近づいてきたのか連れの女子学生がぐいっと友希の腕を引いた。

「友希、もういいでしょう。行こう」

「エナちゃん……」

「まだ、話は終わっていないんだから」

そう腹立たしげに言うと、エナちゃんは友希の腕をつかんで強引に歩きだす。友希は、引きずられるようにして去っていった。

呆気《あっけ》にとられたまま見送っていると、横にいた晴香が尋ねた。

「知りあい？」

「いや、俺じゃなくて」

　答えることが少し苦しかった。晴香に蒼のことを話すときは、どんな些細《ささい》な話題でも胸に石が落ちているような気持ちになる。

　二年前まで二人は付きあっていた。だけど蒼の失明をきっかけに破局した。

　たったそれだけのことだ。自分にはなにも関係がないのだから、余計な気を回す必要などないのに。

「——俺じゃなくて、有村の知りあい」

　絞りだすようにして口にした蒼の名に、晴香は表情を動かさなかった。

「そう、きれいな人ね」

「有村にはそんなこと関係ない」

　素っ気なく答えた貴志を、晴香は意味ありげに見上げる。

　梔子のきつい香りが鼻の奥をつんとつき、不快さに貴志が思わず眉をひそめたときだ。

「浅葉君」

　やけに凛《りん》とした口調で、晴香は呼びかけた。

「なに?」

「私、メゾに転向することにしたの」

それがメゾ・ソプラノのことだと気付くのに、貴志は少しの時間を要した。

声楽でもっとも高い女性のパートをソプラノといい、メゾ・ソプラノは少し低い音域になる。晴香はこれまでずっとソプラノを歌っていた。貴志がはじめて会ったときも、彼女の声は蒼の伴奏にあわせてどこまでも高く上がっていた。

そんな彼女の声を、天井知らずと蒼は表現した。

しかし貴志にはそれがまるでイカロスの翼のように、高く上がりすぎて本人が知らぬまま途中で燃えつきてしまう、そんな危うさをはらんでいるように聞こえた。

——天井知らずというより、むしろ天井が見えていない。

そんなふうに貴志は感じたのだ。

「どうして、誰かから勧められたの？」

「浅葉君が言ったでしょ」

思いがけない答えに貴志は耳を疑う。

「俺が、いつ？」

「天井が見えていないって」

貴志は絶句した。実は大学に入ってから、確かに言っていた。天井知らずという蒼の褒め言葉を素直に口にすることができず、自分が彼の言葉を記憶ちがいしたふうを装って

「天井が見えていない歌い方をしている」と。あの言葉の真意を晴香は察していたというのか。

だが正式な音楽教育を受け、周りを専門家に囲まれている彼女が、自分のような素人の言葉を意に介するなどと思ってもいなかった。

「だからって、俺みたいな素人の戯言《たわごと》を鵜呑《うの》みにしなくても」

「もう、決めたの」

断固として言われ、貴志はそれ以上なにか言うことができなかった。

責任の重さにいっきに憂鬱《ゆううつ》になってしまう。

「あなたのおかげよ」

言葉とは裏腹に、どこか挑むように晴香は言った。

ふと貴志は、先ほどの晴香のらしからぬ挑発的な態度は、友希でなく自分に対する当てつけだったのではないかと思った。

貴志はあらためて彼女を見下ろした。日頃は百合《ゆり》の花のように清楚《せいそ》な晴香が、このときにかぎって不思議な毒々しさを放っているように見えた。その姿はあたかも、むせ返る強い香りを放つ白いカサブランカを思わせた。それまで絶えず鼻の奥をついていた強い香りに、貴志は酩酊《めいてい》してしまいそうな錯覚を覚えた。

落ちつけ、これはただの花の香りだ。

そう自分に言い聞かせると、気を取り直して貴志は尋ねた。

「それで転向して、自分ではよかったと思っているの？」

「思っているわ」

間髪を容れずに答えた晴香に、貴志はしばし気圧される。

昂然《こうぜん》と貴志を見つめる晴香の瞳からは、迷いのない強い光が放たれていた。

三年前――放課後の音楽室ではじめて晴香を見たとき、西日に照らされて黄金色に輝く姿をきれいだと思った。

あのときと同じように、いま目の前にいる彼女をきれいだと思う自分に気付き、貴志の中に昂揚と敗北感が同時にこみあげ、彼は二つの異なる感情に引き裂かれるような胸の痛みを覚えた。

貴志は唇をぎゅっと結び、身体《からだ》の奥底からこみあげる様々な感情に耐えた。

やがてなにかを振りきるように息をつくと、貴志はもう一度晴香に目を戻した。

「それなら、俺も安心したよ」

一段高い声で貴志は言った。晴香は納得したような表情でうなずき、その場を立ち去りかける。

「槇谷さん」

呼び止められた晴香は足を止め、身体を反転させて振り返った。

訝しげな表情でこちらを見る彼女に、貴志は告げた。

「もし教室が空いていなかったら、待っているから食堂に来たら？」


蒼のもとに友希から連絡が入ったのは、前回の訪問から一週間後のことだった。

かりたCDを返しに来たいと言うので「いつでもよい」と答えると、その日の十六時頃にやってきた。玄関のところで、友希はとつぜんの訪問を一応詫《わ》びた。

「ごめんね、急に」

「いいよ。別にすることがあるわけじゃないから」

「お父さんもお母さんも、昼はずっと仕事？」

「たいていはね。母は結婚式やコンサートがあるから平日が休みだけれど、今日は仕事」

「一人で大丈夫なの？」

「家の中なら大丈夫だよ。配置は覚えているから」

そうなんだと友希は興味深げにつぶやいた。

「あ、そうだ。忘れないうちに」

友希は蒼の右手を取り、二つのＣＤケースを握らせた。

先日自分がかしたものだとすぐに悟り、なんの気なく受け取ったあとふと気付く。

蒼は物を突きだされてもそれがどこにあるのか分からない。だから物慣れた相手はたいていいまのように、一度触れさせてから手渡してくれる。

しかし出会ったときはあれほど無神経にふるまった友希が、ごく自然にいまの行動をとったことに蒼は驚きを覚えていた。恋人でもない異性の手を取るなどあまりしないことなのに、友希はあたりまえのことのようにそれを行ってくれた。

「これ、ありがとう。すごくきれいな曲だったわ。大オルガンも素敵だったけど、受難曲の十番目に入っていた女の人のアリアが良かった」

友希の言葉に蒼はしばし思案する。確か彼女にかしたＣＤは、全六十八曲を収録したものではなく十数曲を抜粋したものだったはずだ。

「ああ、あれね。マタイ受難曲の中で一番有名なアリアじゃないかな」

「そうなの。こういうのってはじめて聞いたけど、好きになりそう」

あながち社交辞令でもないような友希の物言いに、蒼はつい口にしてしまう。

「よかったら、別のも聞いてみる？」

「本当?」

声を弾ませる友希に、なんとなく嬉《うれ》しくなって蒼はこくりとうなずく。

「じゃあ、上がって」

部屋に入ってからCDを戻そうとして、蒼はどちらがどのタイトルかを訊いた。すると友希はちょっと申しわけなさそうに「ごめんね、気付かなくて」と言った。素直な物言いが好ましくて、蒼は柔らかく笑った。

返ってきたCDを所定の位置に戻すと、棚の前で蒼は傍《かたわ》らに立つ友希に尋ねた。

「好きなのを持っていっていいけど、分かる?」

「そうだなあ、マタイ受難曲みたいに歌が入っているのがいいかなあ」

なんとも大雑把《おおざっぱ》な希望に、蒼は苦笑交じりに言った。

「第九とか?」

「それは年末に聞かなきゃ」

「それ、日本だけだよ」

「え、本当?」

友希は驚きの声をあげた。近頃はけっこう知られていることかと思ったが、どうやら初耳らしい。

「じゃあ、外国って年末はどうするの？」

「欧州だと年末というよりクリスマスになるけど、このマタイ受難曲もけっこう歌われるんじゃないかな。同じバッハのヨハネ受難曲やクリスマスオラトリオも。あとバロックなら、ヘンデルのメサイアもけっこう定番みたいに聞いていているらしいけど」

「ふぅ〜ん。やっぱり日本とはちがうのね」

初耳のように友希は言う。メサイアは日本でもけっこう歌われていると思うし、多分桐《とう》凛《りん》のチャペルでも、年末はクリスマスコンサートをやって似たような曲を演奏していると思うのだが、大学のほうはちがうのだろうか？

「それにする？」

「ううん、いい。それは十二月になったらかして」

「……あ、いいよ」

一瞬答えが遅れたのは、友希の答えに戸惑ったからだ。

今頃十二月の話題を出すなんて、どういうつもりなのだろう？　ひょっとして二、三回の付きあいではなく、しばらく訪ねてくるつもりなのだろうか？

「ね、お勧めは？」

無邪気な声に、蒼は物思いから立ち返る。

「そうだね、声楽がいいのなら」

適当に見繕《みつくろ》ったCDを渡すと、感嘆交じりのため息が聞こえた。

「いつもながらすごいね。完璧に覚えているんだね」

本来なら気の毒に思われるところを褒められて、なんとも複雑な気持ちになる。

とはいえ、それはけして不愉快な感情ではなかった。それどころか自分も周りもあたりまえのように受け止めていたことに対し、そのような関心を抱かれたことは蒼に新鮮な驚きを与えていた。

失明してからの二年、まともに付きあう人間は両親と貴志ぐらいで、彼らはもはやこんなことでは驚きもしなかった。そんな二年間変わることがなかった閉塞《へいそく》した空間に、友希はあたかも風穴を開けるようにして飛びこんできたのだ。

「ね、これ何枚くらいあるの？」

「二百五枚。けど、半分以上は俺のじゃないよ。母が自分のぶんを置き場所に困って移動させたやつだから」

「やだ、お母さん。面白い」

友希は声をあげて笑いだしたが、なにがおかしいのか蒼はいまひとつ分からなかった。

やがて笑いが途切れてから、ぽつりと友希が言った。

「声楽で思いだした。今日大学で、槇谷晴香さんに会ったよ」

「――どうして、知っているの？」

動揺を押し隠して蒼は訊いた。耳にして愉快な名前ではなかったが、それより友希の口からその名前が出たことのほうが驚きだった。

対して友希はあっさりと答える。

「浅葉君と一緒にいたから。三人、同じ高校だったんですってね」

「別にあの二人にかぎらず、高等部から大学に進んだ生徒は多いよ」

なんだか言いわけをしているみたいだと思いつつ、蒼は応じた。

「あたし、浅葉君の彼女かと思ってそう訊いたら、間髪を容れずに否定されちゃった。あれもし、槇谷さんが彼のことを好きだったりしたら傷つくわよね」

「……………」

「あんな可愛《かわい》い子なのに、あそこまで断固としなくてもいいと思うんだけど」

そこまで言われると、どんな否定の仕方をしたのか非常に気になった。

「槇谷さんから聞いたんだけど、蒼君、彼女の伴奏をしてあげていたんだってね」

そんなことまで話したのかと、蒼は意外に感じた。

正直、晴香の話題はもう勘弁してほしかったが、それを願うのならなぜかということまで説明しなくてはならない。別れた相手のことなど話題にしたくなくて普通だと思うが、付きあっていたことも含め経緯をあれこれ説明するのは面倒くさい。

「うん。高校の二年間だけだけど……」

「でも、高校にオルガンなんてあったの？」

「あったよ、ピアノでやるときのほうが多かったけど。ていうか、大学のチャペルにもオルガンはあるんじゃない？　行ったことがないから知らないけど」

「そういえばあったわね。ほとんど入ったことがないから忘れていたわ」

悪びれたふうもなく友希は答えた。

チャペルコンサートの曲目に無知だった理由が、なんとなく分かった。

「大学はそんな感じなんだな。高等部は家に仏壇があろうと神棚拝んでいようと、週一回の礼拝は強制参加だったけど」

ぼそっと蒼が言うと、なにがおかしかったのか友希はころころと笑いだした。

鈴を振るような、軽やかな笑い声だった。

「ねえ、あたしにも聞かせて」

「って、なにを？」

「オルガン」

一瞬、聞きちがえたのかと思った。

「は？　できるわけないだろ。鍵盤《けんばん》も楽譜《がくふ》も見えないのに」

「そんな難しい曲じゃなくて、弾き慣れたやつでいいわよ」

「弾き慣れたって、何年弾いていないと思っているんだよ」

考えてもいなかった方向に話が進んで、蒼は怒るよりもたじたじとなった。

いっぽう友希は、ひどく不思議そうに言う。

「できるんじゃない？　慣れたところならそれだけ自由に動き回っているし、二百五枚もあるCDの場所だって覚えているんだから」

予想外の指摘に反応できずにいる蒼に、意外そうに友希は訊いた。

「ていうか、やっぱり弾いていなかったの？」

「え？」

「あ……その、ごめんね。槙谷さんが、蒼君は目が治ったらまたオルガンを弾くだろうって言っていたから、別にいまだって弾けそうだけどなと思ったんだけど」

あまりのことに蒼はあ然となった。つまり友希は、蒼がいまでも演奏をつづけているものと思っていたのだろうか。目が見えないという現状を知ったうえで、なぜそんな発想になるのか理解ができなかった。

返事ができないでいる蒼に、遠慮がちに友希が切りだした。

「あの、やっぱり思った以上に難しかった？」

その問いに、なぜか蒼は申しわけないような気持ちになる。

聞きたいという友希の希望に応《こた》えられなかったからなのか、いろいろと気まずい思いをさせてしまったことに心が痛んだからなのか、それとも最初からできないと放棄していたことが恥ずかしかったからなのか、自分でもよく分からなかった。

「それ以前に、そんな気にならなかったから」

ややぶっきらぼうに蒼は答えた。弾ける、弾けないの問題ではなく、蒼自身にその発想がまったくなかった。見えない状態でなにかに挑戦するなど、考えたこともなかった。

「そう、なんだ」

友希の声がひどく消沈しているように聞こえて、蒼は不思議に思う。

なぜだろう？　蒼がオルガンを弾いていないということに、なぜ友希がこれほど落ちこむのだろう。

しかし思いだしてみれば、友希は以前も同じように落ちこんだ気配をうかがわせた。

そうだ。点字がほとんど読めないと告げたときだ。

つまり友希は、蒼がなにかできないと知ったときに落ちこんでいるのだ。

（どうして？）

生じた疑問に首を傾《かし》げている前で、すっと友希は黙りこんでしまう。アールグレイの香りが絶えずするのでその存在を失うことはなかったが、だからこそ彼女を気遣って落ちつかなくなる。

「じゃあ、ちょっと弾いてみようか？」

「え？」

「オルガン」

「――いいの？」

一拍置いて、友希は歓喜の声をあげた。

分かりやすい反応に驚いたが、ひとまず釘《くぎ》だけはさした。

「けど、期待はするなよ。見える見えない以前に二年も弾いていないんだから」

「ううん、いいの。もう、弾いてくれるんなら、きらきら星でも猫ふんじゃった、でもなんでもいい」

ひょっとして小学校のデスクオルガンと間違えているのではと疑ったが、よもやこれほど興奮するとは思わなかった。

「じゃあ、行こう」

「え、どこに？」

「一階に、母の練習室にあるから」

友希は頓狂《とんきょう》な声をあげた。

「オルガン、家にあるの？」

「一応言っておくけど、大オルガンじゃないから。あんな物を自宅に設置できる人間なんて、近世までの王侯ぐらいだし」

蒼は念押しした。近世で区切った理由は、そのあたりからピアノが開発改良され、次第にオルガンに代わり鍵盤楽器の主流を占めるようになったからだ。ついでに〝置く〟ではなく〝設置〟という言葉も敢《あ》えて強調したつもりだったのだが、友希はまったく気付かなかったようだ。

「あ、そうなんだ。ちょっとびっくりしちゃった」

やっぱりそう思っていたのかと、弾く前からどっと疲れた気がした。

とりあえず一階に下りて、リビング横の練習室に入った。防音設備のある部屋で、外にはほとんど音が漏れないようになっている。かつオルガンの精密さを損なわないよう、夏場は常にエアコンで室温が管理されていた。

「うわ～、すごい。工芸品みたい」

扉を開けるなり、友希がはしゃいだ声をあげた。

彼女の反応に、蒼はあらためてオルガンの仕様を思いだしてみた。

ミルクコーヒー色の木製の化粧壁で、サイズはアップライトのピアノより一回り大きいぐらい。六十一鍵で二段の手鍵盤と三十二鍵の足鍵盤、加えて三十五音栓《おんせん》を持つ製品だったはずだ。ちなみに電気自動車一台が買えるぐらいの値段だと、母が苦笑していた。

手で位置を確認すると、蒼は足鍵盤にかぶせるようにして備えたベンチに座った。

「二年も弾いていないのに、場所は覚えているの？」

「母の練習をたまに聞いていたから、ここにはときどき入っていたよ」

背後から声をかけた友希に、蒼は振り返りもせずに答えた。それ自体はいつものことだが、緊張して彼女の問いに細かく応じる余裕がなかったことも事実だった。

手足を縦横に動かして、それぞれの鍵盤の位置を確認する。音栓の調節まではちょっと無理だろうから、このままで音の具合を確かめてみようと考えた。

久しぶりに座った堅いベンチ。指先や足先に触れる鍵盤。それらの感触から、過去の感覚が砂に水を流したときのように蒼の身体に染みわたってゆく。手鍵盤の位置を文字通り手探りで確認して押してみると、パイプが発するオルガン特有の金属的な音が部屋に響く。

背後で友希が控えめに感嘆の声をあげた。

オルガンは管楽器だ。管に空気を送りこむことで発する音は、空気を震わせるような独特の響きを持つ。鍵盤を押すごとに人の吸気《きゅうき》のように音が膨らみ、呼気《こき》のように余韻《よいん》を残しつつ消えてゆく。母の練習でも聞き慣れた音なのに、自分の指から作られた音だと思うとやけに気持ちが昂《たかぶ》る。次いで足鍵盤を踏むと、低めの音が同じように響く。すべての鍵盤の音が鳴るから、とりあえず音栓をいじる必要はなさそうだ。

（手鍵盤だけなら、なにか弾けるかな？）

主旋律《しゅせんりつ》から音符を頭の中に起こし、あやふやな記憶に頼りながら鍵盤を押す。

――音楽が指を動かした。

楽譜を記憶している自信はまったくなかったのに、冒頭の旋律に引きずられるように指が勝手に動きだした。日本では『主よ、人の望みの喜びよ』の名で親しまれる曲は、ＢＷＶ百四十七の教会カンタータに配されたコラールである。

（嘘《うそ》だろ……）

蒼は愕然《がくぜん》とした。鍵盤なんて見えないのに、身体が位置を覚えている。いま行っている行為なのに、自分でも信じられない。開いた水門から堰《せ》きとめていた水が一気に流れこむように、心地よい熱さを持った血潮が一気に全身に流れてゆくような感覚を覚えた。

指から生みだされた音が耳を伝い、蒼の頭にひとつの感覚を呼び起こした。

——心地よい。

音を奏でることではなく、できないと思っていたことができた。それがなによりも心地よかった。信じられないという気持ちを、現実の〝できる〟が次第に打ち消してゆく。

（できるんだ）

無意識のうちに足鍵盤を踏もうとして、さすがにしくじった。

音が崩れたのを機に、蒼は現実を取り戻したように手足の動きを止めた。鍵盤に手を置いたままがっくりと顔を伏せ、ふいごのように肩を上下させた。そうしなければ呼吸を保てなかった。百メートルを全力疾走《しっそう》したあとのように鼓動が激しくなっている。

「あの……」

不安げな友希の声が聞こえたとたん、蒼は声をあげて笑いだした。

「やっぱり駄目だ」

言葉とは裏腹に、晴れ晴れと蒼は言った。

失明してからこれほど笑ったのは多分はじめてだ。笑いすぎて涙がにじんだ。

「そ、蒼君？」

「反省した。やっぱり、ちゃんとやらなきゃ駄目だ」

「って、大丈夫？」

一人で笑って納得する蒼をどう思ったのか、友希の声はいっそう不安げだ。

発言だけ聞けば失敗したことで失望しているようにも取れるので、派手に笑った理由が自棄《やけ》になったからなのかと思ったのかもしれない。

「大丈夫、ちょっと待って」

蒼は姿勢をただし、両手を広げて鍵盤を探る。奏でたいと思う曲を想起すると、頭の中にすっと音符が浮かぶ。低音で抑制の効いた、もの悲しい旋律が流れだす。

「これ……」

まさか、というように友希は訊いた。

「うん、十番目のアリア。伴奏はヴァイオリンの十八番《おはこ》だから、オルガンじゃあまり馴染まないと思うけど――」

来たときに友希が好きだと言った曲は、マタイ受難曲の三十九曲目〝憐《あわ》れみたまえ、わが神よ〟である。メゾ・ソプラノやカウンター・テノールのためのアリアで、嗚咽《おえつ》するように震えるヴァイオリンの演奏を背景に切々と歌われる。

「この曲は、新約聖書の〝ペテロの否認〟から――」

説明しているさなか、鎖骨《さこつ》上のくぼみにぽとりとなにかが落ちた感触がした。驚いて指で触れると濡れていた。不思議に思うそばから、つづけざまに水滴が落ちてくる。

（水漏れ？）

だとしたら急いで母に連絡しないと、オルガンを濡らしたりしたら大変なことになる。

そのとき、背後からがしっと両肩をつかまれた。友希の長い髪がばさりと左の鎖骨から胸の前に落ちてきた。編んでいるのか縄がぶつかったような感触だった。とつぜんのことに蒼はうろたえて叫ぶ。

「と、東堂さん？」

「ありがとう……」

「え？」

なにが？　と問いかけて、ぎくりとする。鎖骨のあたりに、ふたたび滴《しずく》がぽたりぽたりと落ちてきたのだ。

（泣いている？）

ストレートには訊けず、蒼は困惑する。肩をつかむ友希の指にはやたらと力が入り、しまいには顔をしかめるほどの強さになっていた。かといって小刻みに震えるさまを察知してしまえば、むげに振りはらうこともできなかった。

蒼は用心深く手を伸ばし、自分の肩に乗せられたほっそりとした彼女の指を押さえた。ぴくりと友希が大きく身体を震わせたのが、感触を通して伝わった。

「ご、ごめ……」

「どうしたの?」

　つとめて抑揚を抑えた声で蒼は尋ねた。感情をこめて訊けば、かえって友希を追いつめてしまうような気がしたのだ。以前から時折感じていた彼女の不安定な要素が、いまこうやって現れたように感じた。

「嬉しくって……」

　友希は声を途切れさせた。一瞬意味が分からず、蒼は虚《きょ》をつかれたようになる。

　そのときひくっと喉《のど》を震わせる音がして、とつぜん友希がすすり泣きだした。最初はなにが起こっているのか分からずにいた蒼だったが、ぽたぽたと降りはじめた雨のように鎖骨を濡らす涙に、さすがに尋常ではない事態を察する。

　友希の気を鎮めようと、そっと押さえていただけの指をきゅっと握りしめて問う。

「落ちついて。なにかあったのならきちんと話して」

「……」

「なんでも、ちゃんと聞くから」

　友希はすすり泣きをぴたりとやめた。

「ちがうの。本当に嬉しかったの」

素早く告げられた言葉に、蒼はそっと眉を寄せた。友希にその表情が見えたのかどうかは不明だが、蒼は彼女の言葉を完全に鵜呑みにすることはできなかった。

沈黙をどう思ったのか、友希は肩にかけていた手を放した。

「本当に嬉しかったのよ」

友希はもう一度繰り返した。

「嬉しいって、なにが？」

「できないと思っていたことが、できたことに」

蒼は黙っていた。友希の言葉を嘘とまでは思わなかったが、かといって、やはり鵜呑みにすることはできなかった。

釈然としないまま蒼はベンチを跨《また》ぐようにして座り直し、友希のほうをむいた。正確に彼女のほうをむいている自信がなかったので、ゆっくり手を伸ばしてみると前腕とおぼしき場所に指先が触れた。蒼はそのまま手を滑らせ、友希の手首をつかんだ。

彼女の肌はむき卵のように滑らかで、手首ははっとするほど華奢《きゃしゃ》だった。

蒼はしばしの間、手首を握りしめたまま無言でいた。

本当はなにがあったの？　と問いつめたかった。嘘はついていない。でもすべてを語っているわけではない。要するに友希がなにか隠しているのだと思ったのだ。

だが友希は、先刻答えをごまかした。もし友希が嗚咽を漏らさず、ただ涙を流すだけだったら、蒼は彼女が泣いていることにすら気がつかなかっただろう。いま無理に問いつめたら、友希が逃げてしまうような気がした。そうしたら、自分には追いかけることなどできない。

一呼吸置き、蒼は鬱屈《うっくつ》した思いを胸の奥に押しこんだ。

「ありがとう。それが分かったのは、東堂さんのおかげだから」

「そんなこと……」

「少しやってみるよ。前はもっとうまく弾けていたから」

自分に言い聞かせるように、蒼は言った。

オルガンに限らずできないと思いこんで、二年間なにもやろうとしなかった。もちろんうまくできないことへの煩わしさが、理由として一番大きかった。

しかし同時になにかをしてしまえば、いまの見えない状態を受け入れてしまうような抵抗感があったように思う。見えていたときには容易にできていたこと、もしくは見えるようになれば難なくできることを、わざわざ見えないときに苦労して練習することが意味のないことのように思えて虚《むな》しさを感じていたのだ。

だがこの状態でオルガンを弾いてみて、もっとうまく弾きたいと蒼は願った。

そしてきっかけを与えてくれた友希のことを、もっと知りたいとも思った。彼女の涙の理由、隠していることを知りたかった。

失明して以来はじめて、なにかをしたいと蒼は思ったのだ。

「この曲、イエスを知らないと言ってしまったペテロが、自分の罪を悔いて神に憐れみを乞《こ》う歌なんだ。昔はそうでもなかったんだけど、どうしてか最近はけっこう好――」

言い終わらないうちに握っていた手を振りほどかれ、身体を引き寄せられるようにしてしがみつかれた。

ばすっとぶつかる音と同時に、友希の身体が文字通り胸に飛びこんできた。

なにが起きたのか、とっさに蒼は理解できなかった。しかし首から肩甲骨《けんこうこつ》にかけて回された腕と肩口に触れる髪でようやく事態を把握した。友希は蒼の身体にしがみつき、胸に顔をうずめて小刻みに身体を震わせていた。

そのことに気付いたとたん息がつまり、次には信じられないほど鼓動が速くなった。

自分に対してなのか、友希に対してなのかも分からない〝なぜ〟の問いが頭の中をめぐる。無理にでも訊くべきなのか？　なにがあったのか、なにを隠しているのかを。

だが――蒼は震えかけた唇をきつく結んだ。

そうすることで噴きだしそうになる感情を、彼は懸命に抑えこもうとした。胸への圧迫感と肌の温かさ。ふんわりとただよう香りでのぼせあがってしまいそうだった。

友希は蒼の胸にじっと顔を埋《うず》めていたが、先刻のように泣きじゃくる気配はなかった。あたかも気持ちを落ちつけるために、そうしているかのようだった。

いっぽうで蒼も気持ちを落ちつけるため、かなりの忍耐を自分に課さなければならなかった。彼はベンチに投げだしたままにしていた手を、しきりに握ったり緩めたりした。部屋では、静かにエアコンのうなる音だけが聞こえていた。

どれくらい、そうしていただろう。

「あの……」

そっと身体を離して、しばらくたってから友希は切りだした。

いろいろな点で、蒼はほっとした。

「なに？」

「いつか、あたしの話を聞いてくれる？」

「聞くよ、なんでも」

静かに蒼は答えた。

三章　見えない中の光

大学が夏休みに入ったとかで、それから友希《ゆうき》は頻繁《ひんぱん》に訪ねてくるようになった。一度母が家にいるときにやってきたが、最初に会ったときと同様、彼女は動じることもなくはきはきと挨拶《あいさつ》をした。とうぜんあとから追及されたが、経緯を説明するのも面倒くさくて「浅葉《あさば》の友達」と言って誤魔化すと簡単に納得した。

「え、なにそれ?」

驚きの声をあげる友希には、自分の行動の突飛さの自覚はないようだった。

「うちの両親、特に母は浅葉のことをすごく気に入っているんだ。あいつがらみならなんでもフリーパス状態。一人息子にむかって、あんな息子欲しいって平気で言うから。たまに恋しているんじゃないかと思うときがある」

蒼《そう》の説明に友希は一瞬黙りこみ、やがて勢いよく噴きだした。

「やだ。やっぱりお母さん、面白い」

友希は笑い転げているようだが、あいかわらずなにが面白いのか蒼は分からなかった。

床をどんどん叩いているのが、振動を通して伝わってくる。こっちはベッドに座って足の裏しか床に触れていないというのに、たいしたものだ。

はしゃいだ声を聞きながら、蒼は先日のことを思いだしていた。

あれ以来友希は落ちついており、これといって取り乱したようすは見せなかった。

だが彼女からときどき感じていた不安定な要素を思いだすと、蒼は漠然《ばくぜん》とした不安を抱かずにはいられなかった。

そんな蒼の気持ちをいなすように、明るい口調で友希は言った。

「あたし、蒼君もすごくしっかりしていると思っていたけど、浅葉君ってもっとすごいわよね。あの落ちつきは老成の域に達していない？」

これには蒼も噴きだした。

「二回しか会ったことないだろ？」

「あのあと、また二回会ったよ。一回はちょっととりこんでいるみたいだったから、声をかけなかったけど」

「とりこむ？」

「槇谷晴香《まきたにはるか》さんと、なにか言いあっていた」

ふたたび出てきた晴香の名に多少動じつつも、蒼は首を傾《かし》げた。

もちろん同じ大学にいるのだから、二人がなにか話していても不思議ではない。

だが言いあいをしていたというのは穏やかではない。しかも友希が見て分かるほど剣呑《けんのん》な雰囲気だったのだから、よほどのことがあったのだろうか？

高校時代はあまり話さなかった二人が、あるていど親しくなっていることは貴志《たかし》の話から知っていた。だとしたらいざこざがあったとしても、自分が口を挟むことではない。

しかし二人の性格を考えれば、そんな深刻な対立をするのはよほどのことがあったのではと考えてしまう。晴香がなにか言ってきても、もう蒼には伝えないと貴志は言った。もしそのことが関係しているのなら、貴志に申しわけがなかった。

（一応、訊《き》いてみたほうがいいかな？）

貴志の性格を考えれば、自分から愚痴《ぐち》や苦情を言うことはしないだろう。しかし辛抱《しんぼう》強い気性に甘えて、迷惑をかけたままにしてよいことはない。むしろそういう人間だからこそ迷惑をかけられないと思う。

「ね、聞いている？」

ちょっとむっとしたような友希の呼びかけに、蒼ははっとわれに返る。

どうやらなにか訊かれていたようだが、考え事をしていてまったく気付かなかった。

「あ、ごめん。なに？」

「やっぱり聞いていなかったんだ。浅葉君とどうして友達になったのって訊いたのよ」

蒼は「ああ」とうなずいた。

「あいつ高校からの外部入学で、いろいろと慣れないことが多かったんだよ。出席順が有《あり》村《むら》と浅葉で並びだったから、ちょこちょこ訊かれているうちに自然と親しくなって」

そこで蒼は一度言葉を切り、思いだしたようにつけたした。

「あと、あいつ『三国志《さんごくし》』とか『水滸伝《すいこでん》』とかにやたら詳しくて、話を聞いていたら楽しかったから」

「浅葉君、『三国志』が好きなんだ」

「ていうか、多分中国を舞台にした歴史小説が好きなんだと思う。けっこう持っているみたいで、俺も何冊かかりたことがあるし」

「え、本当？　あたしもそういうの好き」

いくぶん興奮したように友希は言った。あんがい硬派な好みだと、蒼はちょっと意外に感じた。

「もしかして、本棚にある『岳飛伝《がくひでん》』は、浅葉君からかりたの？」

友希の問いに、蒼は身体《からだ》を乗りだした。

「嘘《うそ》、そんなものある？」

「あるわよ、文庫本が。一、二巻までだけど」

蒼は口許を押さえた。

「それ高校生のときにかりたやつだ。返すのを忘れていた」

「でも、浅葉君はときどきこの部屋に来ていたんだから、気付いていたんじゃない」

「だとしても、あいつの口からは返せとは言えないよ」

ぼそりと蒼が言うと、友希は少しして意味に気付いたらしく「ああ、そうね」と、気まずげにあいづちを打った。

読み終えていない本を返すように要求することは、そのつもりがなくとも、お前はもう読めないから、というふうに解釈されると思われたのだろうか？　そんなひねくれたことを言うつもりはなかったが、あるいは失明直後の自分であれば、そう思われてもしかたがなかったかもしれない。さすがにあの頃は荒れて、周りにあたっていた気がする。両親はもちろん、貴志にも他の友人にも、そして晴香にも——。

その結果として彼女は、いまでも自責の念を引きずっているのだろうか？

蒼が最後に目にした晴香の姿は、音楽室で苦しげに歌っているところだった。

信じられないほどの高さを持つ声なのに、晴香の歌い方はいつもぎこちなかった。キーは十分出るのに、歌いだすとたちまち不安定になってしまうのだ。

けっこう前から気付いていた。

声ではなく歌というトータルなもので考えるのなら、晴香はメゾ・ソプラノのほうがふさわしかったのかもしれない。だけど自分の高い声に誇りを持つ彼女に、それを告げることが蒼にはできなかった。

「やだ、もうこんな時間」

とつぜんの友希の叫び声に、蒼は物思いから引き戻される。むかい側で友希が立ちあがった気配がした。

「帰る？」

「うん、じゃあ、このCDかりてゆくね」

友希がかりたものは、モンテベルディ『倫理的・宗教的な森』である。ルネサンスからバロックへの過渡期の音楽家で、『ポッペーアの戴冠』や『オルフェオ』等、オペラの先駆者としても有名だ。

いまのところ友希には、最初に勧めたクリスマスオラトリオやメサイアをかりる気配がない。あるいは本気で、十二月まで引き延ばすつもりなのだろうか？

彼女がどういうつもりで自分のもとを訪れるのか、いまだ蒼はよく分からないでいる。

――いつか、あたしの話を聞いてくれる？

それが目的だとしたら、あるいはその話を口にしてしまえば、友希はもう訪ねてこないのだろうか？　そんなことを考えたときだった。

「それじゃ、お邪魔しました」

軽やかな声とともに足音が響き、ぱたんと部屋の扉が閉じる音がした。


それから五分もしないうちに、携帯電話が鳴った。

「蒼君、あたし……」

かけてきた相手は友希だったが、その声は尋常ではないほどに震えていた。オルガンを弾いたときのことを思いだし、蒼はひやりとした。

「どうしたの？」

努めて声を落ちつかせるよう、意識して蒼は訊いた。

「あたし、変なの。なんでもない場所なのに、足ぶつけてひねっちゃって」

友希が途切れ途切れに訴える内容に、蒼は首を傾げた。どう聞いたって些細《ささい》な失敗としか思えないことを、まるでこの世の一大事であるかのようにおびえている。

「東堂《とうどう》さん、ちょっと落ちついて」

「やだ、なんで気付かなかったんだろう？　も、やだ……足、痛い」

ヒステリー、あるいはパニックでも起こしているのか、話が通じない。しかし現実問題として、すぐには立って歩けないほどに足を痛めてはいるようだ。タクシーを呼んで病院に行くことが最適なのだろうが、友希のようすが気になった。

――どうしよう？

このタイミングならまだ家の付近にいるはずだが、さすがに蒼は逡巡《しゅんじゅん》する。

「落ちついて、いまどこにいるの？」

「え？」

携帯電話のむこうで、友希は虚《きょ》をつかれたような声をあげた。

やがて質問の意味を理解したのか、戸惑いがちに答える。

「あ、家の前の坂道。バス停に行くところだったから」

「分かった、ちょっと待っていて」

腹をくくると、蒼は立ちあがった。玄関で靴を履いてから、定位置にたてかけてある白《はく》杖《じょう》を取った。反対側の手で扉を開くと、むっとした夏の空気が全身を包んだ。

足下を杖《つえ》で探りながら用心深く進むと、門扉《もんぴ》に突き当たった。

ここまではいい。なんの恐怖もなく進める。だけどここからは――。

バス停の方向はここから左だ。言い聞かせながら、蒼は門扉を押し開いた。一歩踏み出すと、足下の感触が砂利からアスファルトに変わった。下手にゆっくり歩いては、かえってまっすぐ歩けなくなる。

(大丈夫、このあたりなら何度か歩いている)

言い知れない恐怖を抑えて、左をむいたときだ。

「蒼君！」

前方から友希の叫び声が聞こえた。思った以上に近そうなことと、方向をまちがっていなかったことにほっとしたが、友希はひどく焦った声で叫ぶ。

「まっすぐ、そのまままっすぐに進んで。多分十歩もないから」

声の位置が低い。立てないほど足を痛めているという予想は当たっていたようだ。

八歩進んだところで、白杖の先をつかまれた。足下から立ちあがるアスファルトの熱気に混じり、馴染《なじ》みのあるコロンの香りがした。

「大丈夫？」

言ってから、蒼はその場にしゃがみこんだ。少し先で、友希の息遣いを感じた。

手を伸ばすと彼女の肩らしき部分に触れ、蒼はようやく安堵《あんど》の息をついた。

「ご、ごめん……ごめんなさい」

「いいから。足、大丈夫?」

泣きじゃくる友希を、なだめるように蒼は訊いた。

「塀にぶつかったはずみで足をひねって、すっごく痛かったから捻挫《ねんざ》か骨折《こっせつ》でもしたのかと思ってパニックになったの。でも落ちついてみたらこむら返りみたい。これまで何度かやったことがあるのに、どうしてあんなにあわてちゃったのかしら」

ずいぶん落ちつきを取り戻したようで、友希の声音《こわね》は半泣き状態ながらもひどく恐縮している。確かに捻挫や骨折に比べれば一過性だが、それはそれで痛かろうと思う。蒼には足を攣《つ》らせた経験はないが、友人が悶絶《もんぜつ》しかけていたのを覚えている。気軽に足が攣ったと言葉ではいうが、きっとそうとうの痛みなのだろう。あるいはそれであんなに取り乱したのだろうか? だとしても、ちょっと理解しがたい反応ではあるが。

「じゃあ、立てないよね?」

「うん。悪いけどアキレス腱《けん》のストレッチをしてくれない。たいていそれで治るから」

「て、どうやって?」

思いがけない要求に蒼が臆《おく》していると、とつぜん右手をつかまれた。

「ここが、ふくらはぎ。そのまま踵《かかと》まで触ってみて。あたし痛くて、そこまで身体を曲げられないから」

そのまま強引に足に触れさせられて、蒼はどきりとする。そんなことを思っている場合じゃないと分かっているのに、申しわけないような、居たたまれないような奇妙な気持ちになった。真夏の太陽に照らされたアスファルトがじりじりと肌を焦《こ》がすようで、全身に熱が籠《こ》もったようになる。

　細く引きしまったふくらはぎから手を滑らせ、踵にたどりつく。

「踵を手で包むようにして握って、そのまま前腕の内側に足の裏をあてるようにして、足首をゆっくり前に倒して」

　やけに専門的な指示は、あるいは何度か攣った経験があるのかもしれない。いつのまにか靴を脱いでいたようで、子供のように小さな足が手から腕にかけて触れる。遠慮がちに二、三度繰り返しているうちに、次第に足の力が抜けてきた。

「ありがとう、もう大丈夫」

　やがて安心したように友希は言った。表情には出さなかったが、内心で蒼も安心していた。足という場所もなんとなく気が引けたが、見えないぶん妙な場所に触れやしないかと気を遣ってしまった。

　立ちあがると、ひとまず友希とともに家に戻った。玄関に入ってから、蒼はあがり口のところにどっと座りこんだ。わずかな距離とはいえ、久しぶりに外を一人で歩いた緊張はすさまじかった。おまけに半端じゃないほど、外が暑かった。二年近く半引きこもり状態だったから、あれだけのことがかなり堪《こた》えたのだろう。

「蒼君、足触ったんだから、手を洗ってね」

　母親みたいなことを言うんだなと思いつつうなずくと、友希は消え入りそうな声で言った。

「本当にごめんね。自分でもどうしてあんなに取り乱したのか……」

　蒼は黙っていた。確かに尋常ではなかったが、以前から友希の不安定な要素には気付いていたので驚きも怒りもしなかった。だからこの件を友希がこれ以上気に病むことは忍びなかったので、彼はさらりと話題を変えた。

「攣ったときの対処がやけに専門的だったけど、どこかで習ったの？」

「あたし、大学でラクロスやっていたから」

　その名称が蒼には即座にぴんと来なかった。多分なにかのスポーツだったと思うが、よく覚えていない。

「でも、もうやめたの」

　晴れ晴れとした口調で友希は言った。中途退部をしておいて、その言い方もないと思うのだが。などと蒼が考えていたとき、友希の体重を両膝《りょうひざ》のあたりに感じた。香りと同時に空気が動くのを感じて、唇に熱い吐息とともに柔らかいものが触れた。

(——え?)

あ然とする蒼の前から、空気と同時にそれは遠ざかった。

「唇に、ほこりがついていたよ」

やけにぎこちなく、友希が言った。

「……そう、ありがとう」

「ううん。じゃあ、あたし、帰るね。今日は本当にごめんなさい」

言い終わるやいなや扉を開閉する音がして、あたりは静まり返った。

あとにはただ、アールグレイの残り香だけがただよっていた。


夕食後。ベッドに転がったまま、蒼はしばらく考えこんでいた。

なにをもやもや考えているのだろう? 唇にほこりがついていたから、それを取ったのだと友希は言った。それだけのことだ。素直に信じたらいいではないか。

そんなふうに言い聞かせても、あのとき唇に触れた吐息を思いだすと胸がざわつく。

「馬鹿《ばか》か……」

独りごちるとたちどころにすうっと心が冷えてゆくような、あの嫌な気持ちになる。蒼はうんっと背伸びをして起きあがると、なにかを振りきるように頭をひとつ振った。

「あ、そうだ」

本のことを尋ねるため、貴志に電話をするつもりだったことを思いだした。

数回の呼び出し音で貴志は出た。『岳飛伝』のことを尋ねると、しばしの沈思《ちんし》のあとあっけらかんと答えた。

「そういえば、そうだったな。すっかり忘れていたよ」

言いだせなかったのではと心配したが、どうも取り越し苦労だったようだ。

「かりっぱなしにしておいて言うのもなんだけど、部屋に来て気がつかなかったのか？」

「気付くものか。お前、自分の部屋に何冊本があるのか、忘れているのか？」

電話だというのに、蒼は渋い表情をした。紙の書籍なんて二年間縁がないから忘れていた。反応がだいたい想像できたのか、苦笑交じりに貴志は問う。

「それにしても、お前のほうこそよく思いだしたな」

「あ、教えてもらったから」

「お母さんから？」

「いや……」

しばしの間をおいてから、蒼は答えた。

「東堂友希さん」

「え？」

短くつぶやいたきり、貴志は沈黙した。まったく予想通りの反応だった。

貴志が訝《いぶか》しく思うことはとうぜんだろう。そもそも蒼自身、友希の真意がいまだに分からないのだ。とりあえずボランティア精神や同情などが理由ではないということだけは、ここ何回かではっきりと分かったが。

「それで、彼女から聞いたんだけど」

友希の名をきっかけに、蒼は本題を切りだした。

「槇谷晴香が、まだなにか言っているのか？」

今度こそ貴志は言葉を失ったようだった。図星か、とばかりに蒼はため息をついた。

「ごめん。面倒をかけているみたいで」

「……いや」

歯切れ悪く貴志は応じたが、それきりふたたび沈黙した。

蒼は貴志がなにか言うかと思ってしばらく待っていたが、どうも話しはじめそうもないので、自分のほうから口を開いた。

「ああいう形だったから、彼女が責任を感じてしまうのは分かる――」

「自分が楽になりたいだけだろ」

蒼の言葉をさえぎり、ぴしゃりと貴志は言った。らしからぬ物言いに蒼は驚く。ひと月前であれば、そんなふうに言った蒼をむしろ貴志がなだめていたのに。

「いくら俺がお前の真意を伝言したって同じことだ。お前が自分の目の前で、君のせいじゃないって優しく言わないと駄目なんだよ。失明までしたお前にそこまでさせなきゃ納得しないんだよ、彼女は」

激しくはなかったが、貴志の口調はひどく腹立たしげだった。四年近い付きあいになるが、彼がこれほど怒りを露《あらわ》にしたのははじめてではあるまいか。

「浅葉?」

呼びかけに、貴志ははっとしたように口をつぐんだ。

「――悪い、ちょっと言い過ぎた」

自覚があったのか、気まずげに貴志は言った。蒼は曖昧《あいまい》にあいづちを打ったが、晴香の件がそうとうストレスになっているのだろうかと懸念《けねん》した。

「あのさ」

口調を変えて貴志が切りだした。

「東堂さん、たまに来るのか？」

「……うん」

歯切れ悪く肯定《こうてい》した蒼に、貴志はなにも言わなかった。

ほんの短い沈黙に耐えきれず、蒼は自分から口を開いた。

「それで、彼女のことでちょっと訊きたいんだけど」

「ん？」

「彼女、足が悪そうとか、そんなことはなかったか？」

「いや。お前の家も含めて三度くらいしか会っていないけど、そんな感じじゃなかったぞ」

即答にほっとしつつも、なおさら釈然《しゃくぜん》としない気持ちにはなった。

「なんで？」

貴志が尋ねたので、蒼は今日の顛末《てんまつ》を話した。短距離とはいえ蒼が一人で外に出たことにひとまず驚いたあと、やや呆《あき》れたように貴志は言った。

「普通ぶつからないだろ、塀になんか」

「だから、足かどこか悪いんじゃないかと思ったんだよ」

ラクロスをやめたとか言っていたから、あるいはと考えたのだ。だから足をぶつけたことで、あれほどヒステリックになったのではと思ったのだが、ちがっていたようだ。

「まあ、おたがいに大事にならなくてよかったな」

苦笑交じりに貴志は言った。おたがいのうち一人は、とうぜん蒼のことである。目が不自由でも外に出る者は大勢いる。日頃から外に出ていれば、きっとあれくらいの距離は大丈夫なのだろう。そう考えると少しばかりばつが悪い。

もう二年もたつ。きっとこのままじゃ駄目だということは、薄々感じている。オルガンを弾くようになってから、そんなことをよく考えるようになった。やろうと思えばできるのに、見えないことを理由になにもしないことが悪いことだとまでは思っていない。たんに自分が嫌だと感じるようになっただけだ。

友希が好きだと言った第三十九曲目のアリアは、いまではわりと弾けるようになっていた。もちろん二年前には及びもしないが、やろうと思えばできないことではなかった。それでも見えたのなら、もっとうまく弾けるのにとは時折考えてしまう。

見えなくてもなにかがしたい。見えたのならもっとうまくできるのに。相反するとまではいかないが、二つの思いにはあきらかな齟齬《そご》があり、蒼は自分がどうするべきなのかがよく分からないでいる。

「有村？」

訝しげな貴志の呼びかけに、蒼はあわてて話題を変えた。

「あ、いや……。そういえばうちの両親、明々後日《しあさって》に長崎に行くんだ」

「え、なんで?」

「仲人の人が今日の夕方亡くなったんだって。それで明日が通夜《つや》で友引はさんで明々後日が葬式」

その日は両親が不在であることを告げると、貴志はすかさず言った。

「じゃあ、夜は行くよ」

「あ、大丈夫だよ。はじめてじゃないし、家の中はだいたい一人でできるから」

「いや、ちょっと話があるんだ」

やけにあらたまった貴志の口調に、蒼は少し緊張する。

ひょっとして晴香の件だろうか? この件でこれ以上貴志に迷惑がかかるようであれば、気は進まないが自分が晴香に直接伝えなくてはならないかもしれない。だとしたら具体的になにがあったのかを聞いておいたほうがいいだろう。

「じゃあ、頼む」

遠慮がちに告げると、電話のむこうで貴志が短い言葉で応じた。

両親が長崎に行った日の午後、友希がやってきた。

玄関口で出迎えた蒼にむかって、開口一番に友希は言った。

「バスの中からずっと見てきたけど、今日は海がすごくきれいだったよ」

これまでと比べどうちがうのかと思う蒼に、友希は興奮した調子で海の美しさを訴えた。

彼女はなんだかいつも以上に活気があった。先日の動転ぶりや神妙さなど、なかったことのようにふるまっている。

「海面がトルコ石みたいな色で、砂浜との対比がすごく鮮やかだったのよ」

けっこう浪漫《ろまん》的な表現をするな、などと考えつつ蒼は答えた。

「一昨日が台風だったから、今日あたりが一番きれいかもしれないね」

台風一過直後は、空が青くても海はまだ濁《にご》っていることも多い。

「そういえば、一昨日の台風はすごかったよね」

「うん。風の音がすごかった。あと二日遅かったら、うちの親も長崎行きを諦めなきゃいけないところだった」

「お父さんとお母さん、長崎に行っているの？」

驚きの声をあげる友希の意図を察して、蒼は苦笑交じりに答えた。

「家の中なら大丈夫だって言っただろ。といっても、今晩は浅葉が来るけど」

「そうなんだ」

安心しているのか拍子抜けしているのか分からぬようにつぶやいてから、友希は話題を元に戻した。

「あんなきれいな海なのに、人が全然いないのね」

「遊泳禁止だから」

「え、どうして？」

「水深が急に深くなっていて危ないんだって。車の乗り入れやバーベキューとかも禁止だから、水遊びや散歩で来る人ぐらいしかいないんだ。道路沿いに堤防を張り巡らせてあるから、もとから車は乗り入れられないんだけどね」

物心ついたときからずっと目にしていた海の記憶は、見ることができなくなってもはっきりと脳裏に焼き付いている。

「なんか、懐かしいな」

ぽつりと蒼はこぼした。家のすぐ前にある海を懐かしいというのも変な話だが、蒼としてはそう言うしかなかったのだからしかたがない。

対して友希は、しばし黙りこんでいた。

沈黙が余計なことを思いださせる。三日前、この場所で友希が唇に触れた。それだけのことなのに、思いだすと胸が押さえられたような息苦しい気持ちになる。

「蒼君」

「ん？」

「ベートーヴェンみたいに、気難しい顔しているよ」

ぎょっとして自分の頬《ほお》を押さえると、友希は声をあげて笑った。

蒼はちょっとふて腐れたが、いつも通りの友希の反応に安心もした。やっぱり一人でもやもや悩んでいる自分がおかしいのだ、そう言い聞かせたときだ。

「ね、行ってみない？」

「え？」

「海に」

蒼はぽかんとする。

「今日は湿気がなくて、風が気持ちいいの。それにたまに外の空気に触れないと、カビが生えちゃうよ」

「……そんな馬鹿な」

「いいから。ね、行こう」

手首を取って言われた。久々の強引なふるまいだったが、不快には感じなかった。出会った頃とは友希に対する蒼の感情が、格段にちがうこともあっただろう。

しかしなにより、海に行こうという誘いが嫌ではなかったからだ。それどころか抗《あらが》いがたい誘惑のように耳に響いた。

だが寸前で理性を取り戻し、用心深く蒼は言った。

「迷惑をかけるかもしれないから」

慣れた家の中であれば心配はないが、外に出たりしたら友希に迷惑をかけることはあきらかだった。その現実を知ったとき、友希がどう受け止めるのかを想像すると躊躇《ちゅうちょ》してしまう。

「いいよ、蒼君だったら」

そのとき友希がどんな表情をしていたのか、蒼には分からない。

だというのに不思議なほど鮮明に、彼女の真摯《しんし》な思いが伝わった。

「行こうよ」

もう一度、友希が言った。手首を握る指に力がこめられる。

柑橘《かんきつ》類と紅茶が入り交った香りが思考をぼやけさせ、蒼は自分でもよく分からないままうなずいた。

門扉を出て左に曲がってから、家の前のだらだらとした坂を下って三十三歩目で道は平坦となる。その坂道と三叉路を成す県道を渡ると、堤防のむこうはもう海だった。

物心ついたときからずっと目にしていた光景は、二年前の十六歳の冬に、幕が落とされるようにとつぜん断ち切られた。

いまでも海はあのときと変わらずにあるのだろうか？　たとえ自分の目には見えなくとも。吹く風は潮の匂いを含み、繰り返す波の音が聞こえる。それらは二年前と変わらないように思う。ずしっと足が沈む砂浜に立ち、蒼はそんなことを考えていた。

「もうちょっと波打ち際に行ってみようよ」

右側から友希が誘った。海と同じように友希はいる。見えないどころか姿さえ知らないのに、暗闇《くらやみ》の中にまちがいなく存在する――。

「うん」

静かに告げると、蒼は前にむかってさっさと歩きだした。

「蒼君！」

驚きの声をあげた友希に、立ち止まって蒼は言った。

「ゆっくり歩くと、かえってまっすぐ進めないんだよ。目をつむって歩いてみたら分かるよ」

「……怖いよ」

想像でもしたのか、一瞬押し黙っての友希の答えに蒼は声をあげて笑った。

足下の砂の感触が、さらさらしたものから粘着なものに変わった。上半身をかがめて砂に触れたとき、後ろからすねたように友希が言った。

「なんか、いまのちょっと得意げに聞こえたんだけど」

「え?」

意味が分からず、蒼は砂を指につけたまま身体を起こした。ふいに右側に友希の体重を感じた。彼女は寄り添うように、蒼の指を一本一本さすりながら丁寧に砂を落とした。

潮の匂いに混じり、いつもの香りがした。

静かに友希は尋ねた。

「蒼君、怖くないの?」

「別に」

答えたあと、一呼吸置いて蒼は言った。

「東堂さんがいるから」

砂を落としていた、友希の指の動きが止まった。

「うん、そうだよね。大丈夫だよね」

自《みずか》らを諭《さと》すように言うと、友希は蒼の指をぎゅっと握りしめた。ただそれだけのことなのに、すがりつかれているような気持ちになった。

友希が時折見せるぎこちない態度や不安定なふるまいに、なんとなくだが蒼は思う。彼女の中には自身ではどうやっても解き放つことができない鬱屈《うっくつ》したものがあり、それが時として、本来の明朗《めいろう》さからは想像もつかない行動や言動となって表れているのではないのか。そして友希は自分の鬱屈をなんとかしたくて、蒼に近づいてきたのではないのだろうかと――。

ならば、どうしたの？　なにがあったの？　そんなふうに訊いてあげればいい。

だけど一度尋ねたとき、友希はなにも言わなかった。いつか聞いてほしいと言いはしたが、あれ以来なにか言う気配はない。

聞いてほしいと言いながら、なかなか口に出そうとしない友希がもどかしい。いまこの瞬間も、彼女はなにかを堪《こら》えるような表情をしているのではないのだろうか？

ふいに蒼は自分の指を握る友希を引き寄せ、どうしたのかと問いつめたい衝動にかられた。以前オルガンを弾いたときにも同じことを思った。だけどそんなことをしたら彼女が逃げてしまうような気がしてできなかった。

――いまの自分は、人になにかいろいろしてあげられるような存在ではない。

二年前からずっと心にありつづけた劣等感が、このときはっきりとした言葉になって胸に突き刺さった。やにわに足下の砂を蹴散《けち》らしたくなるような衝動を覚えた蒼は、左の手を握りしめて自分の内側にある感情が引いてゆくのを待った。

寄せては返す、波の音が繰り返し聞こえる。

リズムのある音を聞いているうちに、少しずつ冷静さを取り戻してきた。

「早く、手術ができるといいね」

ぽつりと友希が言った。うなずきかけて、蒼はふと思う。

「言っていたっけ？」

「ううん、浅葉君達から聞いた。ドナー待ちだって」

蒼が納得していると、とつぜん友希が声を低くした。

「前に言ったでしょ。槇谷晴香さんが、手術ができたら蒼君はまた弾くだろうって言っていたって。あのときに聞いたのよ」

そういえば、そんな話を聞いたような気がする。あのときは友希の口から晴香の名が出たことのほうに驚いて、そんな細かいところまで気が回らなかった。

「見えなくったって、あんなに上手に弾けているのに」

どこか挑むような友希の物言いに、蒼は苦笑する。友希が自分を励ますつもりで、上手だと言ったのだと思ったのだ。

「あんなの、まだまだだよ」

「でも、練習しているんでしょ」

「のんびりとね」

おざなりに蒼が答えたとき、それまで音しか聞こえなかった波が、とつぜん足下まで打ち寄せてスニーカーの爪《つま》先を湿らせた。そんなに波打ち際まで近づいていたのかと驚いていると、友希が右肘《みぎひじ》にぎゅっとしがみついた。

「濡れちゃうね。堤防のほうに行こう」

蒼はなにか言いかけたが、友希が肘をつかむ手に力をこめたので口をつぐんだ。

波に追われるように砂浜を歩く間、友希はずっと無言だった。やがて彼女は立ち止まると、蒼の手首を正面に誘導して硬い壁に触れさせた。

「ここ、堤防よ。右側に階段があるから」

右手を横に伸ばすと、同じように石の壁に触れた。ちょうど角になっている場所かと察したときだ。

「ごめん、ちょっとここで待っていて。電話がかかってきていたの。もしかしたら少し時間かかるかもしれないけど、かけてくれたらすぐでるから、なにかあったら電話をして」

早口に、まるでなにかに追われるように友希は語った。いまにも行ってしまいそうな勢いだったが、剣幕に呆気《あっけ》にとられて返事ができないでいる蒼に気付いたのか、申しわけなさそうに友希は訊いた。

「あの、大丈夫？」

蒼ははっとわれに返った。

「あ、いいよ。行ってきて」

「ごめん、本当にごめんね」

平謝りをする友希の声と砂を割る足音が次第に遠ざかって行った。

どっと疲れて、蒼は堤防にもたれた。そのまま足の力が抜け、ずるずると身体が沈んでゆく。日陰《ひかげ》になっていたので、壁も砂もそれほど熱くなかった。

「………なに考えているんだ」

上をむいたはずみに、息をつくように本音が漏れた。

友希の真意が分からないことに、いつにもまして戸惑ってしまう。もしかしたら自分の目の前で、彼女は泣きだしそうな顔をしていたのではないだろうか？　そんなことすら分からずに、言葉をそのまま受け止めるしかできない状態が歯痒《はがゆ》かった。

これでは駄目だ。

友希が気になってしかたがない。顔も背格好も分からない相手なのに、いつのまにか友希は信じられないほど明確に蒼の中に存在するようになっていた。

はつらつとした声。物怖じしないふるまい。常にただよう柑橘類と紅茶をあわせた、あの香り。滑らかな肌。折れそうに細い手首。包みこめてしまえそうな小さな足。

思いだすと胸がざわつく。まちがいなく自分は彼女に惹《ひ》かれはじめている。

「どうするんだよ、馬鹿」

小さくつぶやき、蒼はこめかみに落ちる髪をかきあげた。

——人になにかいろいろしてあげられるような存在ではない。

さきほど千枚通しのように心を貫いた言葉が、今度は梅雨《つゆ》の空気のようにねっとりとした不快な感触を蒼に与えた。

目が見えない現在の状態では、一方的になにかをしてもらうしかない。

友希がなにか不安を抱えていることを薄々察しているのに強く聞きだせない理由は、知ったところで自分には彼女になにかをしてあげられる術《すべ》がないからだ。他人になにかをしてもらうばかりで、なにもしてあげられないいまの自分に、誰かを好きになる資格などあるはずがない。

「最低……」

小さく独りごちたときだった。

「待って！」

感情的な女の叫びに、蒼はぎょっとする。声は階段がある側から聞こえてきた。耳を澄ませていると、ざくざくと砂を割る音が次第に大きくなってくる。

「待って、って言っているでしょ」

女はもう一度叫んだ。いくらか落ちつきを取り戻してはいたが、声はさらに大きくなったようにも聞こえる。女が声量をあげたからなのか、それともこちらに近づいてきたからなのかはよく分からなかった。

なにごとかと思ったあと、蒼は女の声が晴香のそれによく似ていることに気付く。透明感があるのに細くない、声量のある恵まれた声。

だがすぐに、まさかと思い直す。もう二年も話をしていないのだから、記憶ちがいだろう。そもそも自分が知っている彼女は、こんな強い口調でものを語ったりはしなかった。なにより晴香がここに来る理由がない。

やはり別人だと、なかば言い聞かせるように考えたときだ。

「こんなところまで無理やりついてきて、どういうつもりだよ?」

少し怒ったような男の声は、すぐに誰だか分かった。

（浅葉……）

話があるから今日来ると貴志は言っていた。となると先ほどの女の声は、やはり晴香なのだろうか。だがなぜこんなところに彼女を連れてくるのか？　いや、無理やりついてきたように言って、貴志は彼女を非難したばかりだった。そもそも彼らはなにを言い争っているのだろう？　剣幕といい内容といい、あきらかに穏やかな雰囲気ではない。

混乱しながら、蒼は二人のやりとりにじっと耳を澄ませた。

「有村に知らせたくないっていう、そっちの気持ちは分からないでもないけど……」

いくらか口調を穏やかにして、なだめるように貴志は言った。

とつぜん出てきた自分の名前に蒼はうろたえた。

「でも俺達が付きあうようになってから、もうひと月以上たっている。このまま黙っているわけにはいかないよ」

貴志の言葉にすっと血の気がひいた。

つまり貴志と晴香は、少し前から恋愛関係にあったということである。

（ちょっと待て、落ちつけ……）

さらに混乱しそうになる自分に、蒼は言い聞かせた。

予想もしないことだったが、言われてみれば思いあたる節はいくつかあった。そもそも蒼自身、同じ大学にいる二人が以前とはちがう関係を築いているのだと、単純に納得していたではないか。

そうだ。二人がどんな関係にあろうと、別になんの問題もない。ないはずなのに、惨《みじ》めな気持ちになるのを抑えることができないのはなぜなのか？

こみあげる感情を理屈でなだめることができず、蒼は濡れたスニーカーを片方脱いで浜にむかって放り投げた。砂の中にものが落ちる音がした。

「――有村」

一拍置いて貴志が声をあげた。蒼は笑いだしたくなった。黙って逃げてしまえばこっちは誰であるかなど確認も取れないのに、自分から声をあげて正体を明かしてしまうなんて本当に馬鹿なやつだ。

もちろん分かっている。浅葉貴志はそんな真似《まね》はけしてしない。こんな形で真相を知らされても、蒼は彼を疑ってはいないし、変わらず信頼もしている。

それなのにこんなふうに卑屈《ひくつ》に考えてしまうのは、人を好きになる資格がある貴志が単純に妬《ねた》ましいからだ。彼は誰かに対して、なにかをしてあげられる術を持っている。だからいろいろな面倒を予測しながら、晴香に対して「自分の気持ちを告げること」をした。

制御のきかない感情の理由を明確に突きつけられ、すっと靄《もや》が晴れたようになった。

いくばくか理性を取り戻した蒼は、なんとか言葉を絞りだした。

「頼むから先に帰ってくれ。俺は迎えが来るまで帰れないんだから」

他に言いようがなかった。この場で彼らの話を冷静に聞く自信はなかった。それどころかいますぐここから逃げだしてしまいたかった。だが蒼にはそれができないから、先に帰れと言うしかなかったのだ。相手の顔はもちろん、自分が青ざめているのか紅潮しているのかも彼は分からなかった。

しばし静寂《せいじゃく》のあと、ざくざくと砂を割る音が近づいてきて、足先になにかが触れた。それが自分の放り投げたスニーカーだと気付いたとき、上から落ちてくるように貴志の声がした。

「あとで、話しに来るから」

「…………」

蒼は返事をしなかったが、貴志もなにも言わなかった。やがて砂を割る音が今度は遠ざかって行った。激しい疲労感を覚え、堤防にもたれかかろうとしたときだった。

「蒼君」

呼びかけにぎくりとした。晴香の声だった。

てっきり貴志と一緒に、あるいは先に逃げ去ったものだと思っていた。怒りや反発ではなく、素直に驚いて蒼は返事ができないでいた。

「あのとき、黙って逃げたりしてごめんなさい」

そう言った晴香の声は、不自然に強張《こわば》ってはいたが震えても泣いてもいなかった。それをどう判断すべきかまでは分からなかったが、もしここで彼女の泣き声を聞いたりしたら、蒼は一気にしらけてしまっていただろう。

温かい言葉などかけることはできないが、かといって責めたり軽蔑《けいべつ》するようなことも言えなかった。だから蒼はなにも言えず、ひたすら黙りこくっていた。対して晴香は、咎《とが》めるでも懇願《こんがん》するでもない平淡な声で告げた。

「私、行くから」


それからしばらくして、友希が戻ってきた。

「ごめんね、遅くなって」

次第に近づいてくる声に、それまで座りこんでいた蒼はのろのろと立ちあがった。友希がいなかったのは、時間にして三十分くらいだった。

「電話、大学の友達だったんだけど、少し熱くなっていて、なだめるのに時間がかかったの。心配したでしょ」

息を切らしながら来た友希は、蒼の右手に触れた。

「浅葉達に会った?」

単刀直入な問いに、友希が息を呑《の》む気配がした。

「どうして、分かったの?」

友希の答えに、蒼は自嘲《じちょう》気味に笑った。なんというか、誰も彼も正直すぎる。たとえ一メートル前で三人が顔をあわせたって、声をあげなければ蒼は知ることなんてできないのに……ごまかそうなんて、少しも思っていないのか。

「いくら相手が熱くなっていたにしても、電話だけにしてはやけに長かったから。途中で会って話していたのかなと思って」

貴志のことだ。ひと悶着《もんちゃく》あったことを話して、友希にあとを頼んできたのだろう。まったく手に取るように行動が分かる。

友希はしばし黙りこんでいたが、やがて「そうよ」とやけに挑発的に言った。

「いろいろ、聞いたわよ」

「……」

意味深な言葉に、無言のまま蒼は眉根を寄せた。ということは、先ほどここで起きたことを友希はおおよそ知っているのだろうか。

しかしあれこれ問いつめる気力は、いまの蒼にはなかった。

「そう……」

短く答えると、それきり蒼は口を開かなかった。友希もなにも言わなかったので、二人の間には波が打ち寄せる音だけが流れていた。とつぜん友希が右手を引き、自分のほうに軽く引き寄せるように蒼の身体を誘った。

「とりあえず帰ろう。もうだいぶ西陽が強いよ」

彼女の声音は打って変わり、まるで子供をなだめるもののようになっていた。そういえば影になっていた場所なのに、いつのまにか足下に陽を感じるようになっていた。太陽の位置が少し動いているのだろう。

ひとつ息をついたあと、蒼はこくりとうなずいた。なんだかいろいろと疲れた。とにかく家に帰って、なにも考えないで寝てしまいたかった。

石段を上がると、日差しが来たときとはちがう方向から射しかかっていた。通りを歩きながら、家に戻るまでずっと無言だった。

部屋に入ってベッドに座ると、蒼は友希にむかって言った。

「今日はごめん。なんかいろいろと巻きこんじゃって」

歩いている間に頭が冷えたのか、思ったよりも落ちついて言えたことにほっとした。この調子なら一晩寝てしまえば気持ちも整理できるだろう。貴志へのわだかまりも、友希への想いも――そんなふうに自分をなだめているときだった。

「槇谷晴香さんと、付きあっていたの？」

藪《やぶ》から棒の友希の問いに、蒼はあまり驚かなかった。ある意味とても彼女らしい問い方だったし、いろいろ聞いたという意味深な発言を聞いたときから、どこかでこんな問いが出てくることを予想していた気がする。

即答しないでいる蒼に対し、なおも友希は切りこんでくる。

「それで彼女、いまは浅葉君と付きあっているんだってね」

「本人達から聞いたんだよね。だったらその通りだよ」

あれこれ言う気力をなくし、投げやりに蒼は答えた。さすがに気圧《けお》されたのか友希は黙りこむ。言い過ぎたかと思ったが、とやかく言うのも聞かれるのも嫌で、蒼はなにも言わなかった。

「――槇谷さん」

別人のように低い声で友希は言った。妙に粘着質な、まといつくような声音だった。

「彼女、蒼君が失明したのは自分のせいだって言っていたわよ」

穏やかならぬ言葉に蒼はぎくりとする。晴香が発言した内容もだが、なにより友希の声音に晴香を責めるような雰囲気があったのだ。

「それはちがうよ」

さすがに気を取り直し、蒼は否定した。

「どうしてかばうの？　彼女はっきりと言ったわよ」

詰問するような物言いに蒼はたじろいだ。友希が晴香に敵意を持っているように感じたからだ。同性ゆえのある種の感情があるのかもしれないが、自分が晴香をかばっていると思われることも含めて、友希の言い分は蒼にとって不本意だった。

「ちがうよ、ちゃんと聞いて」

ぴしゃりと言うと、ようやく友希は押し黙った。それでもまだ興奮が冷めないのか、いくぶん乱れた息遣いが聞こえる。

なぜ友希がこれほど興奮するのか分からず、蒼は途方に暮れた。だがこうなったら、もうしかたがない。理由があって黙っていたわけではないので、蒼は失明した経緯を語ることにした。

「地震が起きた日、本当は音楽室に行く予定じゃなかったんだ」

あの日はまっすぐ家に帰る予定だったのだが、晴香がどうしてもと頼むので、しかたなく伴奏《ばんそう》を付きあうことにしたのだ。

正直、気乗りはしなかった。面倒だとかということではなく、あのとき晴香が自分の歌に悩んでいたからだ。声域は申し分ないのに、うまく歌えない現実をどうしてよいのか分からずにいた。ひたむきにひたすら練習を繰り返し、いよいよ袋小路に陥《おちい》っていた。

このまま練習をしても、出口は見つからない。いっそパートを転向したほうがよいのではと思ったが、彼女がなによりも誇りにしていた高い声を否定しないための言葉を、蒼はうまく選ぶことができなかった。

そして、あの地震が起きた。ピアノは窓際に設置されていた。

「槙谷さんのこと、恨んでいるの?」

話を聞き終えたあと、友希はぽつりと訊いた。彼女はいつも部屋を訪れるとそうするように、床に座りこんで蒼とむきあっていた。

蒼はゆっくりと首を横に振った。

「失明したことが晴香の責任だとは、一度も思ったことはない」

そのあとの態度に不快は覚えても、それだけは紛《まご》うことのない本音だった。

しかし受傷直後は荒れていた蒼に、晴香は自分が責められているものと思いこみ、すっかり恐れをなしてしまっていた。

「それで一度気まずくなったとき、彼女が黙っていなくなったことがあって。でもこっちは気付かなくて……」

気付いたとき、屈辱ではらわたが煮えくり返るかと思った。

いままで生きてきた中で、あれほどの憤《いきどお》りを覚えたことはなかった。

「むこうもそこまで考える余裕がなかったんだろうけど、こっちもそんな精神的な余裕なんてなかったから、それがものすごく腹立たしくて……」

晴香に蒼を騙《だま》すつもりも傷つけるつもりもなかったのだろう。しかしそれを承知したうえで、蒼は彼女の行為を許すことができなかった。

蒼の見えないという状態を利用して、晴香がうまく逃げたように感じたのだ。

それから具体的に話をすることもなく二年が過ぎている。

だがいまあのときのことを思いだし、蒼はあらためて口を開いた。

「ひとつだけ後悔していることは、パートを転向したほうがいいんじゃないかって、はっきり言ってあげられなかったことかな……」

あのときそのことをきちんと告げることができていたのなら、晴香はあれほどむきになって練習に固執しなかっただろう。そうしたら伴奏を強《し》いられることはなく、あんな事故も起きなかったのではないのだろうか。

とつぜん空気の動く気配がして、右隣に友希が座ったのが分かった。

マットレスがきしみ、肩が触れあうほどの距離に彼女はいた。

「蒼君」

おもむろに友希が呼びかけた。

「まだ、槇谷さんのこと好き?」

一瞬、意味が分からなかった。少しして意味を解してから、蒼は怒りとも不快ともつかぬ感情を覚えた。

友希の突飛な言動にはそろそろ慣れていた。しかしよりによってこの状況で、しかも彼女への思いを自覚した直後に、なぜそんなことを訊かれなければならないのだろう。

蒼は返事をしなかった。無理に答えようとすれば、なにを言いだすのか自分でも分からなかった。こちらの一方的な都合だと分かっていても、感情をうまくコントロールすることができず、ただ抑えるだけで精一杯だった。

とつぜん友希は、押しつけるように身体をよせてきた。

どきりとする蒼に、まるで詰問でもするように友希は言った。

「槇谷さんのこと、やっぱり好き?」

先ほど聞いたものと同じ、まといつくような粘着質な声音が、焼け火箸《ひばし》を押しつけられたような激しい痛みと怒りを蒼に与えた。

「ちがう！」

蒼は叫んだ。限界だった。

「俺が好きなのは――」

言い終わらないうちに、蒼は肩をつかむようにして友希の身体を押し倒した。

そんな乱暴な行為にもかかわらず、友希は声すらあげなかった。まるで最初から分かっていたかのような反応だ。彼女がどんな表情をしているのかもちろん分からない。ただ浅く速い息遣いだけが聞こえた。

蒼は友希の身体を両腕の間に置くようにして、上半身を離した。これくらいの幅があれば、よほど太った人間でもなければ抜けられるだろう。

「逃げなよ。逃げられるはずだよ」

そうしたら、もう二度と来なくなる。それがいい。そうするべきだ。のぼせあがった中でも心の奥に常に存在している、どこか冷えた部分が蒼にその言葉を言わせた。

それまで顎《あご》にずっと感じていた彼女の息が、とつぜん途絶えた。

「逃げないよ」

挑むように友希は言った。

「だってあたし、蒼君のことが好きだから」

蒼は息を呑んだ。

そのままの姿勢で、たがいにどちらも口を開かなかった。沈黙の中、低くうなるエアコンとどちらのものとも分からぬ息遣いだけが聞こえていた。

やがて、半信半疑のまま蒼は尋ねた。

「本当に？」

「本当よ」

友希は静かに答えた。

「言ったでしょ。あたしは黙って逃げたりしないって」

先ほどまで……いや、常にあった心の冷えた部分に、温かいものがそそぎこまれてゆくのを感じた。

悲しみや怒り、猜疑心《さいぎしん》、劣等感などあらゆる負の感情をゆっくりとやわらげてゆく。

蒼は右手を下に滑らせ、友希の指に自らの指をからめた。手を離してから、存在を確認するように腕、肘のくぼみ、肩へと指を伝わらせる。

彼女がけして逃げないことを、触れることで実感する。

首筋から顎へと動かした指がふっくらとした唇に触れた瞬間、友希はまるで小鳥が餌《えさ》を見つけたときのように蒼の指先をついばんだ。

一瞬きょとんとしたあと、蒼がくすっと笑うと、友希も同じように笑いを漏らした。

指に引き寄せられるように唇を落とす。何度か繰り返しているうちに、それは自然と長く深いものへと変わっていく。口づけを繰り返すたびに不安が薄らいでゆき、心が安定を取り戻していった。

「ちがうよ」

唇を離してから、ごく自然に蒼は言った。

晴香のことをまだ好きなのか？　という友希の問いに、彼はまだ答えていなかった。

「いま好きなのは、東――」

言い終わらないうちに、指先で唇を押さえられた。

「名前で呼んで」

蠱惑《こわく》的な響きに、少しどきりとする。

「いま好きなのは、友希だから」

ちょっと緊張して言うと、友希は蒼の右手をつかんで自分の身体に誘った。

麻のような手触りの服を軽く引くと、なんの抵抗もなくするりと取れた。どちらともなくたがいの服に手を触れる。ぱさりと床に布の落ちる音が、繰り返された。

蒼は友希の頬から首筋、肩へと手を滑らせる。

これが本当に同じ人間の身体なのかと思うほど彼女の身体は柔らかく、肌はなめらかだった。なにもかも柔らかい身体の中で、ひとつだけ別のもののように固い感触があった。

「鎖骨《さこつ》、すごくくっきりしているね」

あまりにはっきりした形に驚いて、思わず口にしてしまった。

「痩《や》せているの？」

「どう思う？」

からかうような声で友希は言う。蒼は彼女の肩から脇の下に手を滑らせ、なだらかにくびれた腰をつかんだ。

「細いんじゃない？」

「嘘よ。足とかすごく太いのよ」

「女の人って、たいていは自分のことを太っているって言うよ」

友希は声をあげて笑ったあと、少し考えるように間をおいた。

「槇谷晴香さんよりは、太っているよ」

思いもかけぬ名前に、蒼は驚いて身体を離した。

「どうして、いきなりその名前が出てくるんだよ?」

あたりまえだが、少しむきになって言った。

「おたがいに姿形を知っている女の子って、彼女しかいないじゃない」

言われてみれば理はあるが、こういう場面でその名前を出されると、さすがに興ざめしてしまう。

「胸はあたしのほうが大きいと思うよ」

とんでもないあけすけな台詞《せりふ》に、蒼は頭痛すら覚えた。どんな表情をしていたのか、友希はまた声をあげて笑った。

なんだか急に緊張がほぐれてしまい、横たわったまま軽口をたたきつづけた。普段通りのやりとりと、相手の姿が見えないからか、おたがいに裸でいることがそのうち信じられなくなってきた。

「もしかして俺が見えていないから、そう恥ずかしくもない?」

「え?」

軽口の延長のようなつもりでした問いに、友希は驚いたような声をあげた。

思ったよりも大袈裟《おおげさ》な反応に、蒼はちょっとひるんだ。別に嫌みのつもりではなかったのだが、あるいは深刻に受け取られたのではあるまいか。

「友希？」

手を動かしたはずみで、柔らかい膨らみに触れた。偶然のその行為に、友希は身体をぴくりと震わせた。触れた指からはっきりとそれが伝わった。

「あの？」

「……………恥ずかしいに、決まっているじゃない」

消え入るような声で友希は言った。火がついたのかと思うほど身体が熱くなった。

そのときそうしたいと思ったことを、蒼は素直に口にした。

「全部、触ってもいい？」

耳元でささやくと、一拍置いてから、さらに消え入りそうな声で友希は了承した。

ゆっくりと腕を伸ばすと、また同じ膨らみに触れる。

やがて彼はゆっくりと彼女の胸に顔を下ろすと、先端にそっと口づけた。その瞬間、友希は軽く身をよじらせた。

彼はそうしたいと思ったことを、そのまま実行した。

丁寧に、彼女の身体を指や唇でなぞった。彼女の肌は、むきたてのゆで卵のようにすべらかで、桃のようなみずみずしさに満ちていた。

蒼が触れるたび、友希の身体は熱くなっていった。いつしか彼女は、切れ切れに短い声をあげるようになった。

乳房をおおうほどの長さの髪。引きしまった腹と二の腕。彼女の手足はとても長かった。いつしか蒼の頭の中には、友希がどんな身体をしているのか、はっきりとした映像が浮かんでいた。

「足、太くないんじゃない？」

「腿《もも》は太いのよ」

かすれた声で答えた。蒼は彼女の膝に触れていた手をずらしあげた。友希の腿は、腕と同じように固く引きしまっていた。

「そんなことないと思うけど」

確認するように、手を上に滑らせる。触れていた肌がより柔らかさをました、その瞬間だった。

「あ……っ！」

頭の上で切なげな声が聞こえた。友希の身体が激しく動いたのを感じた。彼女は両手を蒼の首に巻きつけ、なにか言葉にならぬ声でささやいた。

その秘めやかな声が、彼の脳を直撃した。

かろうじて残った理性で、熱くなった場所に触れると、そのまま押し入っていった。

しびれるような快感が全身をかけめぐった。増幅していくそれは、どこまでも膨らみつづける宇宙のようだ。これまで経験したことのない未知の感覚は、ただ欲望の赴《おもむ》くままに広げてゆくしか術はなかった。次第に遠くなる理性のむこうで、友希は小さな喘《あえ》ぎ声を繰り返していた。

やがてすべてが解放されるのと同時に、友希の尖《とが》った悲鳴が聞こえた。その瞬間、全身の力が抜け、シーツの上に崩れ落ちた。

いつのまにか寝入ってしまっていたのだと知ったのは、耳元にかかる吐息で起こされたからだった。ぼんやりした頭のまま軽く身じろぎをすると、すぐそばでくすっと小さな笑い声が聞こえた。

「起きた？」

やけに楽しげな友希の声に、蒼はようやくわれに返った。さっと声のするほうに手を伸ばすと、こちらが探しあてるより先に友希の指が蒼の手をつかんだ。

「そろそろ七時よ」

「朝の？」

「夜よ」

そんなものかと蒼は思った。なんだか二日ぐらい寝ていたような気がする。

「ここであんまり寝ると、夜が寝られなくなっちゃうよ」

からかうように、友希は言った。

蒼は不思議な気持ちになった。友希への想いをはっきりと自覚したのは、つい数時間前だ。それからわずかの間に、彼女が自分を受け入れたことが不思議でならなかった。なにより同じ思いを彼女が自分に抱いていた。そんな幸運すぎる偶然が、自分の身に起こりうるなんて――。

「なんだか、夢見ているみたい」

吐息のように蒼はつぶやいた。

「夢じゃないよ」

ささやいた友希の頭を、蒼は抱えこんだ。柔らかい髪が胸に触れた。さっきまで燃えるように熱くなっていた彼女の肌は、濡れたようにしっとりと冷たくなっていた。

そうだ。この感触は、夢でも幻でもない。

「心臓の音が聞こえる」

あたりまえのことを不思議そうに友希は言う。だから蒼もあたりまえのことを答えた。

「生きているからね」

胸に顔を埋めたまま、友希はじっとしているようだった。

「このまま、時間が止まってしまえばいいのに」

顎の下で友希のつぶやきが聞こえた。蒼はかぶりを振った。朝の光で次第に白《しら》んでゆく東の空のように、心が眩《まばゆ》いもので満たされてゆくのを感じた。

「それは困るよ」

ようやく、止まっていた時間が動きだしたのだから――。

光を失って以来、なにもする気にならなかった。だけど世間は変わらずあったから、周りのすべてが変わってゆくことを肌で感じていた。自分一人だけが世の中からおき去りにされている。それなのに、なす術もなく立ちつくしていることしかできない。そんな自分にどうしようもない焦りを感じていた。

目のことをはっきりと理由にしているのなら、いっそ開き直ってしまえばいい。いまはなにもしなくてよいのだと。

けれど、焦りが消せなかった。

なにかをしたい。なにかを知りたい。そんな思いが日々強くなって――開き直れない自分の往生際の悪さにいらだって、気持ちは完全に袋小路だった。

そんなときに友希に出会った。

彼女は閉塞《へいそく》していた蒼の気持ちに風穴を開け、オルガンを弾くことを再開させた。

蒼はタオルケットごと、友希の身体を引き寄せた。

「わ!」

とつぜんの行為に、驚きの声があがる。

二人はタオルケットにくるまったまま、じゃれあうようにシーツに倒れこんだ。

手を伸ばすと背中に触れた。どうやら彼女はうつぶせになっているようだ。

「肌、きれいだね」

長い髪をはらうようにして、蒼は彼女の背中をなぜた。固くすべらかな背中は、まるで陶器のようだと思った。

「実は自慢なの」

少しばかり得意げに言う友希に、蒼はくすりと笑った。

もう臆さない。

たとえ見えなくても、世界とつながることはできるのだから。

朝日を浴びた世界が次第に暖かさを取り戻してゆく。そんな自らの心の変化を、蒼が感じていると、ぽつりと友希がつぶやいた。

「……なんだか怖いな」

蒼は物思いから立ち返った。

「どうして？」

「蒼君が見えるようになったときのことを考えると」

「え？」

「期待はずれだったりして」

「――そうか」

蒼はつぶやいた。

「俺、顔知らなかったんだ」

浜辺であれほど強烈に劣等感を覚えた現実が、いまはさらりと受け止められている。顔など知らずとも、蒼の心の中に友希ほどしっかりと根差した人間はいない。

「どうする。全然好みじゃなかったら」

「最初喋《しゃべ》ったときから、そんなこと期待していない」

友希は声をあげて笑った。蒼は不思議な感慨を覚えた。

ひょっとして友希には、目が見える蒼など想像がつかないのかもしれない。自分が友希の顔を想像しないように――。

なんだか友希の存在が、暗闇の中だけのもののように思えて、蒼は漠然とした不安を感じたのだった。

「あのさ……」

耳元でささやくと、唇に固いものが触れた。彼女がピアスをしていたことを、はじめて知った。友希はくすぐったそうに、小さな悲鳴をあげた。

「なに？」

かすれた声で友希が言う。蒼は彼女の耳元から口を離した。

「もしこの先見えるようになっても……」

そこでいったん言葉を切る。胸のうちに渦巻く不安を、どんなふうに口にしてよいのか考えあぐねていた。しばしの沈思のあと、彼は率直に自分の思いを口にした。

「そのときも、ちゃんといるよね」

四章　捻じれる想い

翌朝、母から連絡があった。今年三つ目の台風で長崎では飛行機が飛ばず、いまから特急列車で福岡に移動することにしたのだという。しかし同じような乗客が大勢いるだろうから、早い時間の便は取れないかもしれない。台風の進み具合では福岡のほうも飛ばないかもしれないから、あんばいを見て新幹線に切りかえる可能性もある。その新幹線も台風次第でどうなるのか分からないということだった。

一気にまくしたてたあと、なにかあったら都内に住む伯母に連絡するように言って母は電話を切った。そうは言われても一時間近くかかる距離を、還暦《かんれき》もとっくに過ぎた伯母に来させるのは心苦しい。

友希《ゆうき》は昨夜のうちに帰っていった。今朝から用事があって、その準備のためにどうしても帰らなくてはならないのだと言っていた。

「なにもないといいけど」

ぽつりと漏らしたあと、携帯電話が鳴った。貴志《たかし》だった。彼は細かいことは言わず、いまから行ってもいいかとだけ訊《き》いた。長引かせてもしかたがないことなので、蒼《そう》は了解した。

複雑な思いで電話を切ったあと、蒼は考えた。貴志がここに来るまで、あと三十分はかかるだろう。その間に自分が伝えたいことを整理しなければならない。

昨日は動揺して感情的なことを言ってしまったが、本来であれば貴志が自分に遠慮をする必要はないのだ。自分と晴香《はるか》の関係は二年も前に終わっているのだ。もちろん複雑な気持ちを抱くことは避けられないが、だからといって悪く思うことはけっしてない。とにかくそのことだけは誤解がないように伝えなくては。

考えているさなかに、インターホンが鳴った。想像していたより早い訪問に、やや焦りつつ玄関まで行くと、訪ねてきたのはやはり貴志だった。

扉を開けて中に入るように言ったとき、ポケットに入れていた携帯電話が鳴った。

貴志をその場で待たせて電話を耳に当てると、むこうから聞き覚えのないきびきびした女性の声が聞こえた。

「私、弘南《こうなん》医科大学眼科の島崎《しまざき》と申します。有村《ありむら》蒼さんのお電話でしょうか？」

蒼は首を傾《かし》げた。弘南医大はかかりつけだが、蒼の主治医は高島《たかしま》という名の四十歳くらいの男性だった。

「そうですが」

「ドナーが見つかりました。至急、病院のほうにお越しいただけますか」

言葉の意味をとっさに解することができず、一呼吸置いて理解する。

——つまり、移植手術をするということである。

島崎は必要なことを簡潔《かんけつ》に述べると、すぐに来院するように再度告げて電話を切った。

「どうしたんだ？」

表情ややりとりで、ただならぬ事態を察したのだろう。緊張した声で貴志が訊いた。

「ドナーが見つかったから、病院にすぐに来いって」

呆然《ぼうぜん》とつぶやいた蒼に、貴志は一拍置いてから言った。

「とりあえず親に電話しろ。まだ、長崎なのか？」

「福岡かもしれないけど、どのみちすぐには来られない」

声がかすれた。よりによって、このタイミングでなぜ？

激しく動揺する蒼の肩を、貴志がつかんだ。

「落ちつけ。病院には俺が一緒に行くから。病院に来られるような親戚とかいるか？　未成年だから承諾書かなにかがいると思う。親から電話してもらったほうがいい」

てきぱきとした貴志の言葉に、蒼は冷静さを取り戻した。

「分かった、頼む」

ばくばくと鼓動が鳴りつづける胸元を押さえ、蒼は深く息を吐いた。


貴志が蒼とともに病院に到着して三十分ほどしてから、蒼の伯母と従姉《いとこ》だという二人連れの女性がやってきた。病院と蒼の両親の間で、電話でやりとりがあったそうだ。

予想した通り、手術にあたり術前検査も含めて様々な承諾書にサインを求められたので、そのあたりの手続きは彼女らに任せて貴志は帰ることにした。もちろん気にはなったが、ここにいても親戚の人達に気を使わせるだけだと思ったのだ。

エレベーターで一階まで降りると、吹き抜けの広い空間は総合受付になっていた。右手に会計のカウンターがあり、対面するように左手にはソファが縦横《たてよこ》数列に渡って並んでいた。ほんの数時間前にここに来たときは多数の患者でごった返していたが、いまは数名の患者を残すのみでずいぶん閑散《かんさん》としている。

携帯で時間を確認すると、十三時を少し回ったところだった。思ったよりも時間が経過していないことを意外に感じた。

「番号を聞いておけばよかったな」

友希のことを思いだし、軽い罪悪感に貴志はとらわれた。

手術のことを知らせてあげたかったが、とうぜん貴志は彼女の番号を知らない。あの状況で蒼に番号を訊くところまでは、さすがに気が回らなかった。同じ大学でも、いまは簡単には学生個人の番号など教えてくれない。

（夏休みじゃなきゃ、学校を探せたんだけどな……）

携帯をジーンズの後ろポケットに突っこみ、ふたたびソファのほうに顔をむけてから貴志は目を疑った。手前から二つ目のソファに友希が座っていたのだ。マリンボーダーのすとんとしたワンピースの上に、水色のリネン素材のシャツを羽織っていた。

もしかして彼女も連絡を受けたのだろうか？　自分が見ている間、蒼が電話をしていたようすはなかったが。

「東堂《とうどう》さん」

呼びかけに友希はこちらを振りむき、本当に驚いた顔をした。

貴志が歩み寄ると、友希は立ちあがった。彼女の横には以前見かけた〝エナちゃん〟という女子学生がいた。

「昨日はすみません、迷惑をかけて。ひょっとして東堂さんも聞かれたんですか？」

友希は意味が分からないという顔をした。それで貴志は、やはり彼女は手術の件を知らないのだと察した。

「有村、ドナーが見つかったんです」

とっさには理解できなかったのか、友希はきょとんとした顔をした。だがすぐに気付いたらしく目を大きく見開いた。

「本当に？」

「本当です。今回は右目だけですけど、いま検査をしていて、問題がなければすぐに手術に入るはず――」

言い終わらないうちに、貴志はぎょっとなった。友希は真っ青になっていたのだ。倒れてしまうのではないかと思った矢先、エナちゃんが彼女の肩をつかんだ。

「友希！」

励ますとも叱《しか》りつけるともつかぬ口調でエナちゃんは呼びかけた。

「大丈夫。ちょっと驚いちゃったから……」

かろうじて友希は答えたが、それでもまだ心ここにあらずといった感じだった。

予想外の反応に貴志は戸惑う。友希のキャラクターから、人目もはばからずに喜ぶと思っていたのだ。

「や、よかったね。本当に、よかったね……」

しどろもどろに友希は言うが、動揺している感ばかりが強くて、とても喜んでいるようには聞こえなかった。

「友希……」

見かねたのか、今度はいくらか口調を柔らかくしてエナちゃんは呼びかけた。

「今日はもう、帰ったほうがいいよ」

エナちゃんの言葉に、貴志は困惑した。蒼と友希の関係がどういうものなのか、具体的に貴志は知らない。しかし少なくとも友人であるのなら、エナちゃんのいまの発言はいかがなものなのか。当の友希はうつむいてしまっているので表情が分からなかった。

戸惑いながら二人を見つめていると、とつぜん友希は低いうめき声をあげた。そしてそのまま、しゃくりあげはじめたのだ。

呆気《あつけ》にとられる貴志からかばうように、エナちゃんはあわてて友希を抱きかかえた。

「彼女いま具合が悪いのよ。あとにして」

「は？」

貴志は絶句した。まるでこちらが無理に引き留めでもしたような言い方だ。

「ちがう、エナちゃん。あたし、ここにいなきゃ。蒼君に会いにいく……」

声を震わせながら、懸命に友希は言う。しかし言葉は泣き声でかき消され、ついに彼女は嗚咽《おえつ》しはじめた。あたりまえだが、カウンターの職員や残っていた患者達が不審な眼差《まなざ》しをむける。訳が分からないまま、なだめるように貴志は言った。

「あとでもいいと思います。親戚の人がいるし、どうせいまはできることはないから。俺も帰ろうと思って――」

言い終わらないうちに、エナちゃんがぐいっとこちらに顔をむけた。

以前すれちがったときも思ったが、やたら背の高い娘《こ》だった。百八十を超す貴志が、さほど見下ろさなくてもよいぐらいの位置に彼女の目はあった。

「ここでちょっと待っていて。あとで戻ってくるから」

はっきりといらだちをにおわせながら、挑むようにエナちゃんは言った。

「……分かりました」

内心で反発しつつも、ひとまず貴志は了承した。ここまで友希を混乱させた事情が気になった。自分には想像もつかないことが、友希の身の上に起こったのかもしれない。

友希はエナちゃんに抱えられるようにして、泣きじゃくりながら立ち去っていった。

周囲の好奇の視線を一身に受けたまま、貴志は腹立たしげにソファに座りこんだ。いますぐにでも逃げ去ってしまいたかったが、待っていてという言葉にうなずいたからにはそれもできない。気を紛らわすために携帯を見ると、晴香からの着信があった。しかも午前中から四、五回かかっている。病院の中なのでマナーモードにしていて気付かなかった。

　昨日は気まずいまま、ろくに口もきかずに別れてしまった。その状況で電話がつながらなかったのだから、今頃さぞ不安な気持ちでいるだろう。もちろん晴香ともう一度話しあおうと考えていたが、今日こんなことになってしまってそれどころではなくなっていた。

　貴志は少し先にある携帯電話の使用許可区に足をむけた。

　数度の呼びだしで晴香は出た。何度も電話をかけてくれたことに詫《わ》びを言ったあと、貴志は蒼にドナーが見つかったことを告げた。

　晴香は「えっ」と短い声をあげたあと、黙りこんだ。

　貴志はしばらくの間、受話器のむこうに耳を澄ましていたが、晴香がなにか言う気配はなかった。それで彼は思いきって尋ねた。

「泣いているの？」

　あいかわらず晴香はなにも言わなかったが、すすりあげるような音が響いた。

「今日中に、もう一度連絡するから」

　なだめるように言うと、晴香はかすれるような声でようやく「うん」と答えた。

　電話を切ってから貴志は外来のソファに戻った。今度は人目を避けて、できるだけ奥のほうに座った。

エナちゃんが戻ってきたのは、それから二十分ほどたってからだった。

友希はおらず、彼女一人だった。

「待たせたわね」

とは言いながら、いっこうに悪く思っていないような口ぶりで彼女は言った。

一瞬この場で立ちあがって帰ってやろうかと思ったが、それでは人目を耐えて待っていた甲斐《かい》がない。なにより友希のことが気になる。

少し距離を取って、エナちゃんは隣に座った。

「友希、混乱していて、ここに来るのは無理みたいだったから帰らせたわ」

「なにがあったんですか?」

感情を抑えて尋ねはしたが、内心は不信感でいっぱいだった。

ドナーが見つかったと聞いたときの友希の反応は、あきらかに尋常ではなかった。そもそもなぜ彼女は、大学病院《こんなところ》にいたのだ――。

(え?)

ひやりとした感触が背筋をつたう。貴志は隣にいるエナちゃんの横顔を見た。彼女は言葉を選ぶかのように、気難しい表情で思案していた。

こくりと息を呑《の》んだあと、貴志は唇を震わせた。

「――東堂さん、どこか悪いんですか？」


蒼が友希の事情を聞いたのは、手術から三日たってからだった。

まだ眼帯は外せないが、術後の痛みも薄れ、起きあがったり会話をしたりする余裕ができた頃に貴志から電話がかかってきた。

「昨日お母さんから礼の電話がかかってきて。個室だしもう話せるって聞いたから」

「うちの母親はお前だったら、術後一時間でうなっていてもいいって言うよ」

冗談を言う余裕があると安心したのか、貴志はくすっと笑いを漏らした。

「まだ、麻酔が残っているだろ」

「局所麻酔だから、そんな何日も寝込むような手術じゃないよ。いまだって起きあがっているし、親も今日から仕事に戻っているから」

そんなふうに雑談を交わしたあと、貴志は友希の話を切りだしたのだった。

手術当日にこの病院の外来で友希と会ったこと。そして彼女が目の病気を患《わずら》っていることを、彼は淡々と告げた。

「え？」

「病名は難しくて覚えていないけど、だんだん視野が欠けてくる進行性の病気だって」

貴志がなにを言っているのか、蒼はとっさに理解できなかった。ものも言えないでいる蒼にかまわず、貴志はまるで義務を果たす人のように説明をつづけた。

「お前の移植手術のとき、彼女も定期検診に来ていたんだよ。その検査で経過があまりよくない、あきらかに進行しているように言われ――」

「進行って、どうなるんだよ？」

最後まで言わせず、蒼は尋ねた。

貴志はしばし押し黙り、やがてため息をついて重たげに口を開いた。

「このまま止まるかもしれないけど、もしかしたら――」

「もしかしたら？」

「失明するかもしれないらしい」

衝撃的な告白を、今度はあっさりと蒼は理解することができた。だからこそこの場で自分がなにを言うべきなのかが分からずに混乱した。

「つまり施設での研修って、そういうことだったんだよ」

話を締めくくるように貴志は言った。

要するに友希は、将来に備えての訓練を受けるための研修生だったのだ。

電話を持つ手が震えた。

「有村？」

あまりに長いこと黙っていたので、さすがに貴志も遠慮がちに呼びかけた。

「友希、泣いていなかった？」

「…………」

独り言のようなつぶやきに、貴志は答えなかった。

そのあと彼は、近々《きんきん》に見舞いに来るとだけ告げて電話を切った。

蒼はベッドに座り、しばらく呆然としていた。だが衝撃のいっぽうで、やはり、という気持ちもどこかにあった。予兆めいたものや一抹《いちまつ》の不安はずっと感じていたし、いま思い返してみると、意味深な台詞《せりふ》や行動はいくつもあった。

中途失明の人間には点字を解することが難しいと言ったとき、こちらが罪悪感を覚えるくらいに消沈していた。蒼が見えないままオルガンを弾いたときも、驚くぐらいに感動していた。

それらが病に起因していると考えると、なにもかもが納得できる。むしろこれまで考えなかったことのほうが不思議なくらいだ。塀にぶつかったときにあれほどパニックを起こしていたのは、自分の視覚障害が進んだのかとおびえたからにちがいない。

むろん友希がなんらかの不安を抱いているであろうことは想像していた。けれど現実は、蒼の想像以上に苛酷《かこく》なものだった。目をつむって歩いてみたら？　浜辺でそう言ったとき、友希はどんな気持ちで〝怖い〟と答えたのだろう。

そのときノックの音が響いた。返事をすると、かちゃりと扉の開く音がした。看護師が点眼に来たのだろうと思ったが、訪問者はなにも言わなかった。訝《いぶか》しく思った瞬間、懐かしい香りが鼻をついた。

「友希？」

蒼は呼びかけた。

「遅くなってごめん」

ためらうことなく友希は答えた。コツコツと床を鳴らす音が近づいてくる。真近で足音は止まった。

「あと、どれくらいで退院できるの？」

抑揚のない声で彼女は尋ねた。

「一週間から十日くらい……」

用心深く蒼は答えた。友希の思惑がまったくつかめなかった。そもそも友希は、蒼が彼女の病の件を聞かされたことを知っているのだろうか？

明るくふるまったりもしていない。それがすごく自然に見えて。だからあたしも現実を受け入れられるようになるんじゃないかって思えたの」

想像もしないことを言われ、蒼は返す言葉を失った。

そんなふうに見えていたのかと、驚きを隠せない。受け入れてなどいなかった。だからこそ、あんなふうになにもしないまま無為に日々を過ごしていたのだ。

だがいらだち捨て鉢になりながらも、蒼には移植の可能性が残されていた。そういう意味でも蒼は、見えない状態を受け入れていなかったのだ。

「それは……」

「でも、ちがっていた」

きっぱりと友希は言った。

「蒼君が見えるようになる人だなんて、思ってもいなかった」

「……」

「見えるようになる人だって分かっていたら、最初から近づかなかったのに」

それは蒼にとって、あまりにも理不尽で自己中心的な台詞にはちがいなかった。にもかかわらず蒼の胸には、友希に対する罪悪感がこみあげた。

なにも言えないでいる蒼に、友希は荒い息をひとつついた。

「……分かったでしょ。あたし、こんなひどいことを言えるほど嫉妬しているのよ。これから先、自分が辛くなったときに、見えるようになった蒼君に〝おめでとう〟って言える自信がない。だからいまのうちに言いにきたの」

友希の声は大きかったが、時折震えていた。

胸が痛い。友希の言葉のひとつひとつが、蒼の胸に刃《やいば》のように切りこんできた。かつて自分も似たような思いをしたから、友希の言い分が分かりすぎるほどに分かってしまう。

気がつくと、いつのまにか友希の手が離れていた。けれど蒼は、自分の手を伸ばすことができなかった。

治療法がない。無情な言葉が、蒼の身体《からだ》も気持ちも凍りつかせていた。

「ごめん、ひどいことを言ったわね」

「………」

なにも言えない蒼をどう思ったのか、力なく友希は言った。

「じゃあ、もう行くね」

足音が遠ざかり、すぐに扉の閉じる音が聞こえた。

蒼はベッドに座ったまま、じっとしていた。

深い哀《かな》しみを覚えながら、不思議なほど心は冷静だった。

目が見えないと、こんなときに追いかけることもできない。でも目が見えないままだったら、友希は去らなかった。たとえ追いかけることができても、それが見えるゆえのことならば、蒼は友希にかける言葉を持たなかった。彼女の苛酷な現実を前にしては、どんな慰めも薄っぺらな言葉にしかならないことは身に染みて分かっていたからだ。

蒼は深く嘆息した。

右目の奥が熱くなり、眼帯の下がうっすらとにじんでゆくのを感じた。手で顔をおおってしまいたかったが、まだそんな衝撃は与えられない。不思議なことに、手術をしていない左目はなんともなかった。涙は右目からだけ、ひたすら流れつづけていた。ぬぐうことのできない涙が眼帯の奥でとめどなく流れつづけ、蒼の右頰《みぎほお》を洗うように濡らしていった。

五章　つかめない光

街のあちらこちらで芳香を放っていた金木犀《きんもくせい》の花が散ると、道端には色とりどりの秋桜《コスモス》の花を見るようになっていた。

十月も中旬に入ろうというある日の午後、蒼《そう》は駅前通りを歩いていた。肌寒くなってきたこともあり、白いシャツの上には裾《すそ》にアーガイル模様を編みこんだ紺の襟《えり》付きのカーディガンを羽織っている。

ドラマのように劇的ではなく、現実的にゆっくりと蒼の視力は回復していった。ぼんやりと光を感じるだけだった右目が、次第に物の形をとらえるようになり、やがて輪郭《りんかく》がはっきりとなっていった。新生児が見えるようになる過程とはこんな感じではないのかと訊《き》くと、主治医は苦笑交じりに首を傾《かし》げていた。

早足で歩道を進んでいたところ、視界の端をかすめた光景にふと足を止める。道路沿いに建つ珈琲《コーヒー》店の、一面ガラスの窓のむこうに貴志《たかし》が座っていた。通りに面したカウンター席にいたので、その姿をはっきりと確認できたのだ。

　蒼はガラス越しに貴志の前に立つと、拳《こぶし》を作ってこつんと窓を叩いた。ひょいと顔をあげた貴志に目配せしてから店内に入ると、出入り口前にあるレジで注文をしたコーヒーを持ってカウンター席に近づいていった。

「ちょうどよかった、電話しようと思っていたところだったんだ」

　隣席に腰を下ろしてから、蒼は貴志が手にしている英文のテキストに気付いた。

「悪い、勉強中だった？　すぐ帰るから」

「いや、そろそろやめようと思っていたところだったから」

　気にするなとばかりに応じてから、あらためて貴志は訊いてきた。

「電話って、なにかあったのか？」

「いま、高校に行ってきてその帰りなんだ」

「高校って、うちの高校？」

　蒼はうなずくと、手にしていた書類袋を自分の顔の前でぶらぶらさせた。

「高認を受けようと思って、単位修得証明書をもらってきたんだ」

　高認とは高校卒業の認定試験のことで、昔は大検といわれていたものだ。すぐに察したようで、貴志はあいづちを打つ。

「へえ。先生達、喜んでいただろ」

「うん。分からないことがあったら、なんでも訊いていいって」

懐かしむように告げたあと、蒼は書類をテーブルの上に置いた。

「十一月の試験はもう締め切っているから、来年の第一回に挑戦しようかと思って」

「それから大学を？」

「親はそのつもりで来月からでも予備校に行けって言うんだけど、中卒の状態でそんなところに入れてくれるのかな？」

「いや、あるよ。高認から大学受験を目指す人間のためのコースが。うちの大学にも何人かいる。最近は進学校に行っていても、中退する人間なんて珍しくないからな」

そこで貴志はなにげないように問うた。

「受けるとしたら、ウチの大学か？」

その問いに、蒼は紙コップを握ったまま黙りこんだ。

貴志は首を傾げたあと、失言でもしたようにさっと口許を押さえた。

「どうかな」

ぽつりとこぼしたあと、蒼は気を取り直すために明るい声を装った。

「まあ、もう少し考えてみるよ。そもそものレベルに達せるかどうかも分からないし」

「大丈夫だろ、お前なら」

貴志の言葉に蒼は苦笑を返しただけだった。

自分がぼかした言葉の奥に、友希《ゆうき》の存在があることを彼はもちろん自覚していた。

病を理由に友希から会うことを拒否されたということは、入院中に見舞いに来たときに貴志には告げていた。それから蒼は友希に連絡を取っていないし、もちろん友希からも連絡はない。

しかし桐凛《とうりん》大学には友希が在学している。仮に蒼が再来年までに入学を果たせば、否応《いやおう》なしに彼女と接点ができる。先刻貴志が口許を押さえた理由は、そのことに彼も気付いたからなのだろう。

紙コップに視線を落としふたたび黙りこんだ蒼を、貴志は困惑げに見つめていた。

「なあ……」

貴志の遠慮がちな呼びかけに、蒼は紙コップにむけていた視線をあげた。

「あ、ごめん。なに?」

「このままで――」

貴志が言い終わらないうちに、テーブルに置いた彼の携帯電話が鳴った。発言を中断された貴志は、液晶画面を見るなり素早く手を伸ばして早口でまくしたてた。

「悪い、いまちょっとたてこんでいて。こっちからかけ直すから」

電話を切った貴志を訝《いぶか》しげに眺めていた蒼は、ふと思いついて訊く。

「いまの、槇谷《まきたに》?」

「……」

無意識のうちに顔をしかめた貴志に、たまらず蒼はぷっと噴きだす。しかもそれだけでは収まらず、しまいには腹を抱えて笑いはじめてしまう。貴志のほうはどう反応して良いのか分からないようで、ひたすら憮然《ぶぜん》とした面持ちで蒼を見下ろしている。

しばらくして笑いが収まってから、蒼は右の目じりだけを指でぬぐった。

「ごめん。でも、ぜんぜんたてこんでなんていないだろう」

「そう素直に受け止められても、困るんだけど……」

口にした言葉通り、心底困った表情で貴志は言った。らしからぬ情けない表情に、蒼はまた笑いだしそうになった。

確かにここで堂々と晴香《はるか》と通話をされては、もはやなんとも思っていないと言っても気まずさは否《いな》めない。晴香の話題を避けようとした貴志の気遣いは一般的な反応だ。

しかし割りきらなければどうにもならない。ならば不自然に話題を避けるより、開き直って話したほうがいいと蒼は思っている。

「お前さ……」

蒼は切りだした。

「高校のときから、槇谷のこと好きだったんじゃない？」

それは貴志にとって、まさに不意討ちのような問いだったのだろう。彼はまじまじと蒼を見つめ、瞳に動揺の色を浮かべたままつぶやいた。

「気付いていたのか？」

「本当に馬鹿《ばか》正直だな、お前」

ふたたび蒼は声をあげて笑ったが、むろん貴志に笑う余裕はないようだった。

「ごめん」

「あ、そういうつもりじゃなくて」

短いが気持ちのこもった謝罪に、蒼はあわてた。

「俺、あの頃は荒れていたから、彼女にはけっこうひどいことを言ったし……いまになって悪かったなって思っているから。それでなくてもスランプだったのに、あのあとちゃんと歌えるようになったのかな」

見えるようになったから言える言葉なのだろうが、浜辺での晴香の謝罪はやけに蒼の心に残っていた。なぜだか分からないが、悲痛でも謙虚《けんきょ》でもない、あのどこかふてぶてしさを感じる強気な口調を、かえって誠実なものだと感じたのだ。

問うというより独り言のような蒼の発言を黙って聞いていた貴志は、やがておもむろに口を開いた。

「お前に言うべきことかどうか分からないけど、彼女、メゾ・ソプラノに転向したよ」

想像もしなかった言葉に蒼は目を丸くした。見える右目も見えない左目も同じように。

驚きのあまり、彼は思わず身を乗りだした。

「なんで?」

「それがさ、俺が〝天井が見えていない〟って言ったことが理由らしいんだ。俺みたいな素人の言葉を鵜呑《うの》みにするなんて、ありえないだろ」

いまでも納得していないのか、困り果てたように貴志は言う。彼の困惑を承知したうえで、蒼は勢いよく首を横に振った。

「いや。俺もそれがいいと思う」

「は?」

驚いた顔をする貴志にむかい、蒼は肩をすくめて小さく笑った。

「やばいな。もう一度、彼女の歌を聞いてみたくなった」

自宅にむかうバスの中で、蒼は車窓のむこうを行き過ぎる景色を右目だけで追いつづけていた。ビルが建ち並ぶ市街地を過ぎると、通りは次第に街路樹や民家が多くなってゆく。秋の澄んだ空気の中で、建物や樹木などあらゆるものが輪郭を際立たせていっそう鮮明に浮かびあがって見える。

天井が見えていない——貴志が告げたという言葉を、蒼は思い起こしていた。

以前にも同じ言葉を聞いたことがある。あいかわらず天井が見えていない歌い方をしていると、晴香の歌を貴志はそう評した。あのときは蒼が口にした〝天井知らず〟という言葉を言いちがえたのか、あるいは記憶ちがいをしているのだろうと単純に思った。

だがひょっとしたら、あれは故意の表現だったのだろうか？

声楽になんの素養もない貴志は、それでも晴香が無理をしていることに気付き、その感想を〝天井が見えていない〟と表現したのではないだろうか。

貴志からその言葉を言われたとき、晴香がどう受け止めたのかは分からない。もちろん現在の晴香の歌や精神《こころ》がどうなっているのかも、蒼に知る術《すべ》はない。

だが結果として晴香は彼の言葉を受け入れ、メゾ・ソプラノに転向した。

考えすぎかもしれないが、その結果が浜辺で感じた印象の変化につながったのではないだろうか？

——黙って逃げたりしてごめんなさい。

あのときの晴香の印象を、以前と比べてずいぶんと変わったように蒼は感じた。ほとんど口論に近かった貴志とのやりとりもだが、立ち去り際に蒼に告げたあの謝罪の言葉からも、以前にはあまり感じなかったしたたかさや気の強さを感じたのだ。

蒼が晴香の強さに気付かなかったというよりは、貴志の言葉で傷ついたことで、晴香は打たれた鉄のように強くなったのかもしれない。

思い悩んだ挙句、結局声域の件を晴香に告げられなかったことを蒼は後悔した。

貴志がいつから晴香を見つめていたのか、具体的には分からない。だが貴志は晴香の苦しむ姿に気付き、いかにも彼らしい思いやりから生じる厳しい助言を彼女に与えた。

二年前に蒼がその言葉を言うことができたのなら、晴香はあれほどむきになって練習を重ねることもなく、そうであればあんな事故は起きなかったかもしれない。

それだけ考えれば、この二年間はなんだったのだろう。あの事故は、蒼にも晴香にも苦しい日々を与えた。だけどこの二年がなければ、自分は友希に会わなかったのだ。

その事実をどう考えるべきか、蒼は迷った。

病室で友希に別れを告げられてから、そろそろ三カ月になろうとしている。何度か電話をしようとしたが、そのたびに最後の「もう会わない」という言葉を思いだして心が折れた。嫉妬《しっと》している、妬《ねた》ましい。そんな友希の気持ちは痛いほど分かるはずなのに、どう励ましてよいのか分からない。なにを言っても空虚《くうきょ》に響き、なにを言っても傷つけてしまうことが、自分の経験から分かるからだ――。

　まして友希の病気は、症状が止まることはあっても有効な治療法はないのだから、疑心《ぎしん》暗鬼《あんき》になりながらも移植を待っていた自分の場合とは大きくちがっている。そんな彼女の心をどうしたら支えることができるのか、蒼には見当がつかなかった。

　人を励ますことは本当に難しい。痛みを分かったつもりになって、耳あたりのよい言葉を言うだけなら誰にでもできる。だけど本当の痛みを知ってしまったのなら、上滑りな言葉を言うことなどもはやできない。

　そうやってためらうことを繰り返しているうちに、友希の記憶は次第に蒼の日常につきまとうのをやめていった。生活をしていれば他にやることがいっぱいで、ふと気付けば一日友希のことを思いださない日すらあった。この三カ月はそんな日々の積み重ねで、いまこの瞬間流れてゆく景色のように、蒼は自分の中から友希の記憶が徐々に遠ざかってゆくのを時折感じるようになっていた。

　バスを降りてから、蒼は県道を渡らず堤防の石段から浜辺に降りた。

　秋の海は穏やかで凪《な》いでいた。黄金色の陽光が波頭《なみがしら》を照らして、目にまぶしいほどきらめいている。水平線のむこうに広がる空はどこまでも青く、羽毛を散らしたような巻雲《けんうん》が高い位置に浮かんでいた。足を踏みだすたびに砂がざくりと割れ、身体《からだ》が沈む。うちあげられた白い貝殻が、サンドベージュの砂浜に半分だけ埋もれていた。

潮風がしきりに吹きつけ、蒼は髪を押さえた。三カ月前に友希と来た場所なのに、景色はなにひとつよみがえらない。見ていないのだから、あたりまえだ。

「幻、だったのかな……」

投げやりに独りごちた瞬間、それまで感じたことのない引き裂かれるような胸の痛みを覚えた。

自分が口にした言葉の衝撃に、蒼は息をつめた。

では、自分が手で触れたあの感触の数々はいったいなんだというのだ？　耳に響くほがらかな笑い声も、鼻腔《びこう》をくすぐるあの香りも。これほど記憶に鮮明で、思いだすだけでこれほど胸が痛むというのに。

ざっと音がして、足下に白濁《はくだく》した波が打ち寄せた。

はっとして蒼は後ろに下がりかけたが、それより先に寸前で波はとまり、なにか思いとどまったように引いていった。ほっと息をついたあと、友希とここに来たとき波に靴先を濡らされたことを思いだした。

　蒼は上半身をかがめて、足下の砂に触れた。ジェラートのようになった砂が、指にからみつく。あのときは友希が、一本一本指をぬぐうようにしてこの砂を落としてくれた。

　蒼はゆっくりと目を閉じた。

　波の音や潮の香りが、あのときのことをはっきりと思い起こさせる。見えないときに経験したことが、ゆっくりと頭の中でよみがえってくる。遠ざかっていた記憶が、波が打ち寄せるように静かによみがえる。あたりまえだ。見えようが見えまいが景色がそこにありつづけるように、記憶は過去という形で確実に存在するものなのだ。

　不安だった心が少し自信を取り戻し、蒼は思いきって携帯電話を取りだした。

　発信者名で電話を取ってもらえない可能性はもちろん承知していた。しかし数回の呼び出し音のあと、なんと友希は出た。

「はい」

　分かって電話をしたはずなのに、三カ月ぶりに彼女の声を聞いたとたん、自分でも滑稽《こっけい》なくらい蒼は動揺した。

「蒼君でしょう」

　とっさにものが言えないでいると、むこうがあっさりと訊いてきた。

　蒼は携帯電話を握りしめ、声を絞りだした。

「……なんで、出たの？」

「かけてきたからよ」

怒ってもいない、かといって喜んでもいない口調だった。

「話していい？」

「電話なら、かまわない」

きっぱりと言ったあと、友希は少し声音《こわね》をやわらげた。

「具合はどう？」

それが目のことを訊いているのだと、蒼はすぐには分からなかった。そういえば友希とは、眼帯をつけた状態でしか会っていなかった。

「だいぶ慣れてきた。もう、一人で外を歩いている」

「そう、よかったね」

穏やかに友希は言う。

「同じこと、訊いていい？」

できるだけ平然を装ったが、心臓が破裂するかと思うほどに緊張していた。

「あたしは別に変わりない。急に悪くなったりしないし、でも、よくもならないから」

「……そう」

それきり会話は途切れた。話をつづけなければ電話を切られそうで焦ったが、適当な言葉が思いつかなかった。電話のむこうの友希も喋《しゃべ》る気配はない。なにか言葉をひねりだそうとしたが、考えれば考えるほど頭が白くなってしまう。はたして電話はつながっているのだろうか？　そんな不安から蒼は耳を澄ませる。

静かに息づく音が聞こえた。どうやら友希に電話を切るつもりはなさそうだ。

「なにを、考えているの？」

おもむろに蒼は尋ねた。

「え？」

「ずっと、黙っているから」

「そっちこそ――」

友希がやり返したところで、ふたたび会話が途切れた。姿が見えない電話は、かつて二人で過ごした時間を思いださせる。

あのときも、友希の姿を見ることはできなかった。

いまだって同じことなのに、間近に彼女がいたときには感じなかったもどかしさがあった。あのときといまでは、なにがちがうのだろう。

「あのコロン、まだつけている？」

「え？」

「その……」

思わず口をつきそうになった言葉を、あわてて呑みこむ。会いたい——その一言を言ってしまえば、友希は電話を切ってしまうかもしれない。

気を落ちつけようと、蒼はひとつ息をついた。

「あのアリア、かなり弾けるようになったよ」

「三十九番？」

「うん」

「練習していたものね」

「聞いてほしいと思ったから」

「……」

「友希に聞かせたかったから、練習していたんだ」

携帯電話のむこうから反応はなかった。切られてしまうのではないかと不安に感じながら、綱渡りでもするような心境で蒼は言葉をつづけた。

「かえっていまは、鍵盤《けんばん》が見えると変な感じがする」

友希はくすっと笑いを漏らした。

「………いいなあ」

鼓動がひとつ、大きく跳ねた。友希がどういうつもりでいまの言葉を口にしたのか、考えただけで、胸の奥が締めつけられたように痛んだ。

「会いたいんだ」

こぼれるように、言葉は出た。嫉妬されても、妬まれてもかまわない。

そんな諸々の感情をぶつけられても、それでも彼女に会いたかった。ほがらかな声を耳にし、コロンの香りをかぎ、長い髪を指ですき、あのすべらかな肌に触れたい。

見えない記憶のすべてが愛《いと》しい。

「姿なんか、見えなくていいから………」

言葉がつまった。

「蒼君」

友希が呼びかけた。

「あたしだって本当は会いたい。会いたくてたまらない。でも駄目なの。いま会ったら、あたし、あなたになにを言うのか分からない」

彼女は完全に涙声だった。たまらず蒼は叫んだ。

「嫉妬しても、妬んでもいいよ！　俺だってずっとそうだったんだから」

「だったら分かるよね。そういうとき自分がどれだけ惨《みじ》めで辛いのか……」

蒼は凍りついた。携帯電話のむこうから、嗚咽《おえつ》が途切れ途切れに聞こえてくる。唇を半開きにしたまま、呆然《ぼうぜん》としていると、低い声で友希が言った。

「ごめん、切るね」

そして返事を待たずに、電話は切れた。


それから二、三日は友希のことが頭から離れず、なにも手につかなかった。

一度彼女の声を聞いただけで、遠ざかったと思っていた記憶は驚くほど生々しくよみがえった。見えないときの記憶は幻などではなかったのだ。だが友希はそれを幻にしたがっている。要するに拒否されているのだ。そう考えると思考は袋小路に陥《おちい》る。いくら自分が会いたいと思っていても、友希の気持ちを考えれば会うべきではないのだろうか？

――見えるようになる人だって分かっていたら、最初から近づかなかったのに。

病室で友希にぶつけられた言葉が、石のように心を重くする。そして見えてしまうことへの理不尽な罪悪感が、枷《かせ》のように蒼の行動を阻《はば》むのだった。

嫉妬しても、妬んでもいい。あんな言葉はただの勢いだ。いま目の前で友希にそんなふうにふるまわれたら、どうしてよいのか分からずに立ちすくむしかできないだろう。

蒼は唇をかみしめた。

受け止める覚悟も力もないくせに会いたいだなんて、よくあんな無責任なことが言えたものだ。他人よりも友希の辛さが分かると思っていたのに、実際はその辛さが分かるからこそかける言葉もするべき行動も探せないでいる。

会いたいと思っていても、彼女の気持ちを考えるのなら会うべきではない。友希の言葉をまともに受け止めれば、そんな答えしかでてこなかった。

——だったら分かるよね。そういうとき自分がどれだけ惨めで辛いのか。

友希がどんな気持ちであの言葉を言ったのか、彼女が言うように分かるからこそ身を切られるように痛い。

自分が会いたいなどと口にしなければ、あんなことを彼女に言わせないですんだ。なにかしようとすれば、それが相手を傷つけてしまう。会いたいと願う気持ちは同じなのに、近づこうとすれば傷つけてしまうなんて、まるで二匹のヤマアラシだ。

やはり会うべきではないのだろうか。会いたいと願うことは自分のエゴで、友希の気持ちを考えるのなら会うべきではないのかもしれない。

——お前は見えるようになったのだから、彼女のために我慢してやれ。

誰のものとも分からぬ声が、頭の中で響いた。

蒼はため息をついて、机に突っ伏した。

「なにやっているんだ、まったく」

自嘲《じちょう》的につぶやき、身体を起こす。壁一面に広がる本棚を見ると、ずらりと並んだＣＤや書籍が以前と変わらずきっちりと収まっていた。

数カ所まだらに空いているのは、友希にかしたＣＤの場所だった。かしたＣＤがモンテベルディだったかブクステフーデだったかも、もはや覚えていなかったが、もうどうでもよい気になっていた。どうでもよい気にならないと、このままでは自分の生活が成り立たない。ここ二、三日、試験勉強は手つかずになっていた。そもそもあれらのＣＤがなくても、この数カ月なにも困らなかったではないか。

やにわに立ちあがると、蒼は大股《おおまた》で本棚の前に行った。そして棚の空いた箇所に、端から持ってきたＣＤを無造作に詰めはじめた。自分の目で探せるようになったいま、きっちりと収納場所を決めておく必要もない。

「よし……」

隙間《すきま》の埋まった棚を一望すると、蒼は一仕事終えた人のように満足げに息をつく。

そのまま机には戻らず、気分転換にコーヒーでも飲もうと考えて部屋を出た。

リビングに入ると母が電話をしている最中だったが、蒼の顔を見るなり「ちょうどよかった」と言って、十二月にあるクリスマスコンサートでオルガンを引き受けてくれないかと訊いてきた。なんでもクリスマスシーズンに土曜の大安が重なって、コンサートやチャペル結婚式で、県内外近隣のオルガニストは全員予定が埋まっているのだという。

「俺みたいな素人でいいの？」

「非営利団体のチャリティコンサートだから、そんな難しく考えなくていいわよ」

母の答えに、それならいいかと蒼も思った。もっとも有料のコンサートなら、自分のようなアマチュアには最初から頼まないだろうが。

「って、なにを演《や》るの？」

「オラトリオや受難曲あたりから、有名な曲をいくつかピックアップするらしいわ。期間が短いからそんな難しい曲にはならないと思うわよ。来月に出演者が顔合わせをするらしいから行ってくれる。どうせそこのオルガンを弾いてみなきゃいけないでしょ」

例のごとく一気にまくしたてると、母は電話の相手に「大丈夫、行かせるから」と息子の意志も確認しないまま言った。それ自体はいつものことだが、蒼にむかってけっこう長いこと説明をしていたのに、電話を切らずに相手を待たせていたのかとちょっと呆《あき》れてしまった。

コーヒーを飲むつもりで降りてきたが、母の勢いに気をそがれて逃げるように隣の練習室に入った。電灯を点《つ》けると、薄暗かった室内がぱっと明るくなった。ミルクコーヒー色のオルガンが、蛍光灯の白い光に照らされている。

浜辺での電話以降、あまりオルガンを弾いていなかった。三十九番のアリアを友希に聞かせるという当初の目的がどうなるか分からない状態では、なかなか鍵盤に触れる気持ちになれなかったのだ。だが思いもがけない形で人前で弾く話になり、まったく練習しないというわけにはいかないだろうと思い直した。

蒼はベンチに座り、母が無造作に置いたままにした楽譜《がくふ》に目をむけた。

「すげっ……、トリオソナタ」

バッハのトリオソナタは、右手、左手、足鍵盤のそれぞれが独立したパートを奏でるという、非常に熟練した技巧を必要とされる難しい曲である。あんな大雑把《おおざっぱ》な母がよくこんな複雑な構成の曲を奏でられるものだと、変な方向で蒼は感心していた。

なんだかよく分からないうちに決められた気がするが、いっそいい気晴らしになるかもしれない。

そうだ。友希と離れていてもオルガンを弾く意味はあるし、大学に進む意味だって十分にある。いつまでも他人に気を取られて、自分のことを疎《おろそ》かにするわけにはいかない。それでなくとも二年間を無駄に過ごして、人より遅れているのだから。

蒼は頭をひとつ振り、音栓《おんせん》に手を伸ばした。鍵盤に指を置くと、彼はクープランのミサ曲を奏ではじめた。


一度痛みを堪《こら》えて幻だったと言い聞かせると、それから考えないようにするのは思ったよりも簡単だった。もちろん思いは胸の奥にしこりのように残ってはいるが、きっちりと閉めた引き出しの奥にしまった古い書籍のように、在《あ》ることは認識していてもあらためて取りだして感慨に耽《ふけ》るということはない。日々新しい本が出版されつづけるように、生活をしていればやることは次から次へと出てくる。

母を介して依頼されたチャペルコンサートもそのひとつだった。

十一月に入ってすぐに、蒼は以前に言われていた打ちあわせに行くことになった。

会場となるのは、市街地にある古い教会だった。明治時代に来日した宣教医師が建てたもので、歴史的価値から県の文化財に指定されている建物だ。二つ先のバス通りには同じ医師の手によって創設された病院があるが、こちらは近年建て替えられた、鉄筋十階建ての最新医療設備を備える五百床以上の大病院である。

約束の時間に着くと、ファサードに設《しつら》えられた開廊部分で四名の男女が立ち話をしていた。その中の黒いガウンを着た六十歳くらいの男性が、蒼を見ると穏やかに微笑《ほほえ》みかけた。

「有村《ありむら》教授のご子息ですか？　私はこの教会の牧師の木暮《こぐれ》です」

母の知りあいだと思っていたが、どうやら父の知りあいだったらしい。

「はい、有村蒼です。よろし――」

「すみません、遅くなりました」

門のほうから息せき切って走ってきた相手を見て、蒼は目を見開いた。

晴香だった。秋らしいワイン色のカシュクールワンピースに、同じ色を配色したタータンチェックのストールを羽織っている。

晴香のほうも蒼に気付き、その場でぴたりと足を止めた。人一人分の距離を隔《へだ》てて見つめあう二人に、なぜか頼もしげに木暮は訊いた。

「お知りあいですか？」

「……あ、はい」

かろうじて蒼は返事をしたが、驚きのあまりなのか晴香は絶句している。

「そうですか。槇谷さんにはソリストをお願いしているんですよ」

木暮が説明したとき、ふいに晴香が涙ぐんだ。蒼はもちろんだが、周りにいた者達もあ然とする。とうぜん視線が蒼に集中するわけで、非常に居たたまれない。

「あ、あの、その……」

「私達は中に入っていますから、落ちつかれてからどうぞ」

「……」

気を使ったつもりなのだろうが、蒼からすると完全に余計なお世話である。昔付きあっていた相手というだけならまだしも、いまは親友の恋人になにを言えというのだ。

対応に困って目をむけると、息を吐くように晴香は言葉を漏らした。

「……よかった」

その言葉で蒼ははじめて気がついた。そういえば晴香は知らなかったのだ。手術をしたことは知っていても、不自由なく街を歩いている姿を見たことがなかったのだ。

「浅葉《あさば》から、聞いていなかった？」

「聞いていたけど、見たわけじゃなかったから」

そう言った晴香の表情は、心の底から安堵《あんど》しているように見えた。目じりには涙ぐんだあとが残っていたが、なにかから解放されたような晴れ晴れとしたものをうかがわせる。

そんな彼女の姿を、蒼は複雑な気持ちで見つめた。

普通に考えて、顔をあわせてもおたがい気まずいだけだ。それを承知したうえでよかったというのだから、社交辞令ではなく本当の気持ちなのだろう。もちろん怪我《けが》をした理由を考えれば、晴香が自責の念を覚えることはあたりまえだし、二年間そんな思いにとらわれつづけていたとしたら、それはけして楽な時間ではなかったと思う。

「――ありがとう、心配してくれて」

社交辞令というほどよそよそしくはないが、いくぶん儀礼的な気持ちで蒼は言った。晴香はこくりと控えめにうなずいただけだった。

気まずさはどうやってもぬぐえなかったが、それでも中に入るまでの短い間、なんとか蒼は彼女に話しかけた。

「メゾに転向したんだってね」

「そうよ。でも今回は女性のソリストは私一人だから、ソプラノもメゾも歌うわよ」

やけに意欲的に語る晴香の横顔を、蒼はちらりと見やった。彼女は右隣にいたので、簡単にうかがうことができたのだ。うっすらと化粧をほどこした顔は、高校時代に比べてずいぶんと大人びているように見えた。顎《あご》を引いてまっすぐ前を見るさまは、昔美術書で見たルネサンス時代の女性の肖像画を思い起こさせる。

古い教会の聖堂は思ったよりも広く、後陣の高い位置に嵌《は》めたステンドグラスから光がそそぎ、チョコレート色の壁や床をほのかに照らしだしていた。両横に多数のベンチを並べた身廊《しんろう》を進むと、聖職者専用の空間である最奥の内陣との境を成《な》す翼廊《よくろう》の右手で、木暮達がオルガンを囲んでいた。

蒼と晴香以外の他の出演者は、テノールとバリトンのソリストがそれぞれ一人ずつとフルートの女性奏者で、いずれも五十歳前後である。彼らはこの教会の信者で、昔からボランティア活動の一環として教会や病院への慰問《いもん》コンサートを行っていたのだという。

「牧師様と相談をして、このあたりを選曲したのですが」

最年長のフルート奏者の女性が、リストを印刷した紙を全員に手渡した。バッハとヘンデルのオラトリオや受難曲から、有名な曲ばかりが選ばれていた。

バロック時代の音楽に集中してしまうのは、オルガンで演奏をするからしかたがないことだった。新しい楽器で古い楽譜を演奏することはできるが、古い楽器で新しい楽器のために作曲された曲を演奏することは困難だからだ。楽器の性能があがっていることが大きな理由である。要するにピアノでバロック時代の曲を演奏することはできても、オルガンでショパンやシューマンなどロマン派音楽の曲を弾くことは難しいのである。

「一番、忙しい役目になるけど」

リストを眺めていた蒼に、フルート奏者の女性が申しわけなさそうに言った。

曲名を見るかぎり、ほとんどがオルガンによる主旋律《しゆせんりつ》か通奏低音《つうそうていおん》を奏でることを必要とされるものだった。それ自体は最初から予想していたのでさほど臆《おく》しもしなかったが、それより蒼が動じたことは、曲目の中にマタイ受難曲第三十九曲目のアリア『憐《あわ》れみたまえ、わが神よ』があったことだ。

「なにか難しい曲があるの？」

心配そうな晴香の声に、蒼はリストから目を離した。

「え、どうして？」

「気難しい顔をしていたから」

自覚のないことを指摘され、蒼は片頬を押さえた。

「そんなわけじゃ……」

なおも不審な顔をする晴香から逃げるようにして、蒼は木暮にオルガンを弾かせてほしいと頼んだ。ポジティブと呼ばれる、手鍵盤のみの小型オルガンだった。音栓の数も四つと少なかったが、古艶《ふるつや》を放つ飴《あめ》色の化粧壁には凝《こ》った意匠がほどこされており、おそらく年代物の品なのだろう。

鍵盤を押すと、鈴を振るような軽やかで可愛《かわい》らしい音色が響いた。かといって軽くはなく、余韻《よいん》のある成熟した音だ。きっとよく調律されているのだろう。

「いい、オルガンですね」

蒼が言うと、木暮は嬉《うれ》しそうに微笑んだ。

ふたたび鍵盤の上で指を動かす。奏でた曲は第三十九曲『憐れみたまえ、わが神よ』である。しばらく弾く気にならなかったが、選曲されているのならしかたがない。

「あれ、楽譜見ないで弾けるの？」

テノール歌手が、感心したように言った。

「ええ、まあ……」

細かい事情を話すわけにもいかず、蒼は言葉を濁《にご》した。それにかつての目の事情にかんしても、初対面の人間にべらべら話すことでもないと思った。晴香はもちろん父の知りあいである木暮も知っているのかもしれないが、ひとまず彼らがこの場でなにか言いだす気配はなかった。

「好きな曲なので……」

「え、そうだったの？」

意外そうに晴香が言う。そういえば高校時代、彼女との間でこの曲を話題にしたことはなかった。メゾ・ソプラノ、あるいはカウンター・テノールの曲というのもあるが、それ以前に蒼がこの曲を弾くようになった理由が友希にあったのだからあたりまえだ。

周りがなにも言わないのをいいことに、蒼は演奏をつづけた。途中から晴香がつられたように歌いはじめた。口ずさむ程度の歌い方にもかかわらず、メゾ・ソプラノのアリアを歌う彼女の声には、以前にはなかったしっかりとした伸びがあった。

演奏が終わってから、蒼は鍵盤から指を下ろして晴香を見上げた。

短い余韻に浸ったあと、目をあわせて晴香は得意げに微笑んだ。

「私も、この曲好きだわ」

「――うん、いい歌い方だったよ」

一拍置いて、蒼は答えた。

「若い人達のほうが安心みたいね」

フルート奏者の女性が言ったので、蒼はあわてた。

「いえ、この曲だけです。はじめての曲もありますし」

「皆さん、よろしければあちらでお茶でも」

間合いをはかっていたかのように木暮が提案した。ひょっとして蒼が弾き終えるのを待っていたのかもしれない。『憐れみたまえ、わが神よ』は、演奏の仕方にもよるが七〜八分間に及ぶ長めのアリアである。

ちょっと申しわけないような思いで立ちあがると、さっそく小暮が歩きだす。全員があとにつづいたが、若年者である蒼と晴香は自然と最後尾になった。

「あの曲、あんなに上手に弾けたのね」

聖堂の中央あたりに来たとき、ぽつりと晴香が問うた。

「え？」

「弾けるだなんて知らなかった。だって高校生のときは聞いたことがなかったから」

確かに晴香の前であの曲を弾いたことはなかった。ただそれは本当に偶然で特に他意はなかった。ソプラノを歌う晴香といるときには弾く機会も話題にすることもなかっただけで、ずっと以前から習得していた曲だった。でなければ友希の前で、楽譜もなくいきなり弾けるはずがない。

友希に乞《こ》われたとき、瞬《また》く間にかつての記憶や感触がよみがえった。鍵盤に触れ、旋律を想起するなり勝手に指が動いた。意固地になって心では拒否していても身体は覚えていた。あのとき蒼は、どんな状態でも自分は自分であることを知った。見えない現在の自分は、過去の見えていた自分が作りあげた存在なのだと痛感した。

だというのにいまはその過去を、引き出しの奥に封じこめてしまっている。だってしかたがない。そうしなければ、現在の自分が振り回されてしまうのだから。

「そうだね。学校で弾く機会はなかったけど」

うまく処理できない複雑な思いを内に抱いたまま、蒼は応じた。

そんな心境など知るよしもなく、澄んだ美しい声で晴香は感嘆の言葉を述べた。

「二年のブランクがあったのに、あれだけ弾けるだなんてすごいわね」

おそらく晴香には一切悪気はなかったはずだ。それを承知したうえで、晴香の発言は蒼の心に歪《いびつ》なひき攣《つ》れを起こした。

蒼は一度息をつめ、気持ちを落ちつけるようにゆっくりと吐きだした。

「――二年間、なにもなかったわけじゃないから」

抑揚のない声で告げた言葉の意味が分からなかったのか、晴香は目を瞬かせる。

しかし蒼は言い直す気持ちにも、とやかく説明する気にもなれなかった。

確かになにもしない二年だった。無駄に過ごした時で、そのために人より遅れてしまったのだと自分でも考えた。そしてつい先刻も、現在とつながらない意味のない時として封じこめてしまおうと考えていた。

だがいまの晴香の一言は、思った以上に蒼の心に衝撃を与えた。最初からなにもしていなかったように決めつけられたことに、彼は猛然と反発を覚えたのだ。

そんなことはない。あの二年にもなにかの意味はあったはずだ。なにかを生産しなくても、なにもなかったわけではない。

そんな思いや反発を言葉にできなかった理由は、他ならぬ自分自身がそのように考えようとしていたからだ。そう考えることで友希との思い出をないものにするために――晴香から言葉にして言われたことで、はじめて自分の心の矛盾《むじゅん》に気付かされたのだから怒れるはずがない。

不機嫌な表情で黙りこくってしまった蒼を、晴香はまるで探るような眼差《まなざ》しでじっと見つめた。彼女の視線を避けるよう、蒼は少し歩幅を大きくして足を速めた。二人の間が人一人分の距離を隔てたときだった。

「私もよ」

引き留めるような呼びかけに、反射的に蒼は顔をむけた。

目があうと、晴香は誇らしげとも挑発的とも取れる微笑みを浮かべていた。

「私、メゾに転向して本当によかったと思っているの」

教会前の通りは大通りから離れていることもあり、人はわずかにしか見かけなかった。

街路樹のイチョウの葉は、夏の濃縮したような緑色から少し色褪《いろあ》せた淡い緑色へと変わっており、すでにまだらには黄色く変色しはじめていた。

メゾ・ソプラノに転向してよかったという言葉は、負け惜しみではなく本音だろう。誇らしげな晴香の表情を見て、蒼は思った。

――二年間、なにもなかったわけじゃないから。

蒼が腹立たしい思いで告げた言葉に、晴香は誇らしげな表情で「私も」と返した。

つまりこの二年間、晴香にもおおいになにかがあったということだ。

考えなくても分かることだ。どれほど罪悪感や閉塞感《へいそく》を抱いていても、生きているかぎりなにもないということはありえない。蒼が友希に出会ったように、晴香は貴志を受け入れた。結果としていまメゾ・ソプラノを誇らしげに歌う彼女がいる。

誰であれ人は、過去の積み重ねや決断で現在の自分を作りあげている。それが本人にとって望ましい姿であろうとなかろうと――。

だがいまの自分は、少しちがっていると蒼は思った。

見えなかった二年間は過去としてはっきりとある。だが現在《いま》とつながらない。玉手箱のように、あのときの時間は閉じこめられている。そして蓋《ふた》を開くことのできない箱を、蒼は捨てることができずに心の奥に封じこめようとしていたのだ。

いっそ捨てることができるのなら、その事実を過去として現在につなげることができるのに、捨てられない過去がずっと足枷となって未来に進むことを阻んでいる。

ふいに蒼は立ち止まり、携帯電話を取りだした。

過去を捨ててしまいたいのなら、いっそ番号を消してしまえばいい。どうせいまの自分がなにを言っても、友希の耳には虚《むな》しくしか響かないのだから。

そんなふうに言い聞かせながら、蒼はまるでにらみつけるように携帯電話を見つめていた。そのうち疲れ目のせいか、右の目の奥が熱くなってきた。ため息と同時に、蒼は目をつぶった。たったそれだけのことで、世界は数カ月前と同じ状態になる。

この見えない世界で蒼は友希に出会い、オルガンをもう一度弾きたいと思った。

そして、そう思わせてくれた友希を好きになった。

見えても見えなくても世界はきちんと存在する。そう思えるようになったとき、見計らったように移植の知らせがきた。

蒼はゆっくりと瞼《まぶた》を開けた。

なにげない言葉で晴香から見えなかった二年を否定されたとき、蒼は自分でも驚くほど反発した。あの二年は思っていた以上に、蒼の心身に影響を及ぼしていたようだ。

見えなくても友希の声を聞き、身体に触れれば、その存在を感じることができた。それでよかったのだ。姿が見えなくても、友希はまちがいなくそこにいたから。いまだって会いたいとは思っていても、彼女の姿を見たいとは思っていないのだ。

――あたしだって本当は会いたい。

浜辺で話したとき、友希は蒼と同じ気持ちを口にしながら、治りかけた傷口を無理やり裂くように、力ずくで電話を切った。

蒼は手にした携帯電話を、右目にそっとあてた。

世界はたちまち暗闇《くらやみ》に閉ざされる。この状況になるかもしれない恐怖に、友希はおびえているのだ。その心境を思うと、彼女が心配でならなかった。

いまどうしているのだろう？　どんな顔をしているのだろう？　あのときのように、不安におびえて泣いてはいないだろうか？

携帯を目から離し、蒼は疲れはてたようなため息をついた。

だからといってどうする？　彼女を慰める言葉などなにひとつ持たない。会ってもかえって苦しめるだけだ。

そもそも彼女の絶望や恐怖を受け止める覚悟が自分にあるのか？

二つの相反した主張が、ひとつしかない心の中で居場所を求めてぶつかりあう。

自分はどうしたいのか？　そしてなにが正しいのか？　蒼は自《みずか》らの葛藤《かっとう》を分析でもするように、携帯電話の液晶画面を右目だけでじっと見つめつづけた。

どれくらい、そうしていただろう。

ようやく蒼は決意を固め、ぎゅっと唇を引きしめて液晶画面に指を伸ばした。

六章　見える中の暗闇

その日の講義が終わってから、貴志《たかし》は中庭を歩いていた。

木枯らしが吹く季節となって校内のイチョウの葉はすっかり黄金色に染まり、赤や黄の落葉《らくよう》が絨毯《じゅうたん》のように広がって地面を埋めつくしている。落ち葉を踏みしだきながら足を進めていると、少し先のベンチに友希《ゆうき》が座っていることに気がついた。あの長い髪がばっさりと短くなっていたので、寸前まで分からなかった。

一瞬引き返そうとしたが、すぐに彼は思いとどまった。こんなことはこれから何度でもあるだろう。そもそもこれまで顔をあわせなかったことのほうが不思議なのだ。確かに少しは気まずいが、もともと蒼《そう》を介して知りあった相手でこっちはなんの接点もない。当の二人が会わなくなったのだから、自分も黙って通りすぎればよいだけだ。腹をくくって先に進もうとしたときだった。

「いっそのこと来年まで待たないで、今年受験してしまえばよかったのに」

友希の声に貴志はふたたび足を止める。見ると彼女は携帯電話を使っていた。貴志がいることに気付いたようすはなく、ほがらかに話している。

（……受験？）

高認の件を思いだしたが、先日話したとき蒼はなにも言っていなかった。

「うん、聞いてくれてありがとう」

携帯電話を肩にかけた大きなバッグに入れて、友希は立ちあがった。そしてこちらに完全にむき直ってから、はじめて彼女は目を瞬《またた》かせた。

「……浅葉《あさば》君」

「久しぶりです」

正面むきになるまで友希が自分に気付かなかったことに、貴志はひやりとなった。揺らぐ気持ちを懸命に抑え、平静を装って彼は言った。

「髪、切ったんですね」

「ああ、これ？」

友希はうなじのあたりの髪を、手で持ちあげるようにした。すっきりとのぞいた耳朶《じだ》にはグリーンのピアスが光っている。明るい飴色の髪との対比が鮮やかだった。

「気分転換したかったの」

「いま電話していた相手は、有村《ありむら》ですか？」

友希は瞠目《どうもく》した。それだけで答えは瞭然《りょうぜん》だった。

「いつから、聞いていたの？」

「いまですよ。でも、分かります。今頃ある試験って高認のことでしょう。あいつ、十一月の高認は締め切りが過ぎているとか言っていたから」

「そう……」

友希が視線をそらしたので、遠慮がちに貴志は訊《き》いた。

「その……有村と会っているんですか？」

「会ってはいない」

「？」

友希はそらした視線を戻し、じっと貴志を見た。

「電話だけ。だから蒼君は、あたしの顔をあいかわらず知らない。街ですれちがっても気がつかない。それが約束だから」

「約束？」

友希はうなずいた。

「彼が言ってくれたの。会いたくなければそれでいいって。自分も人に頼んで、あたしの顔を訊くようなことはけしてしないって」

「え？」

「だから安心して、電話をしていいって」

にわかには納得することができず、貴志は呆気《あっけ》にとられていた。

蒼が言う顔を訊く相手というのは十中八九自分のことだろうが、なんの意図があってそんな申し出をしたのかが理解できなかった。

「それ、本当に有村が言ったんですか？」

「ひどい女だと思っているでしょ」

どう誤解したのか、自嘲《じちよう》気味に友希は言った。貴志はあわてて首を横に振った。

「いえ、信じられなかっただけです」

「あたしが？」

「ちがいます、有村です。東堂《とうどう》さんの――」

気持ちは分かる、そう言いかけて貴志は口をつぐんだ。一瞬彼は自分をぶん殴りたくなった。じわじわと光を奪われてゆき、やがて来るかもしれない暗闇《くらやみ》の世界を、なす術《すべ》も逃げる術もなく待つしかない人間の気持ちを分かるなどと、よく安易に口にしようとしたものだ。

気を取り直して、貴志はふたたび口を開く。

「誰かにいろいろ言いたくなることも、あると思います」

きっぱりと言った貴志に、友希は虚《きょ》をつかれた表情をする。

やがて彼女は揺らすように首を傾《かし》げ、意味ありげな眼差《まなざ》しをむける。

「友達ね」

意味が分からず、貴志はきょとんとした。かまわず友希はつづける。

「同じことを、蒼君があたしに言ったの。誰かにいろいろ言いたくなるだろうって。そんなあたしの気持ちを、多分他の人よりは分かると思うから、堪《たま》らなくなったり、なにか言いたくなったら聞いてくれるって」

「…………」

「だからずるいと分かっているけど、いまは甘えている」

「有村がそう言ったのなら、ずるいことはないと思います」

慰めるように貴志は言った。しかしそうやって友希に同情するいっぽうで、蒼のほうはそれでも大丈夫なのかという不安を覚えてもいた。言い方は悪いがそれでは一方的に利用されているようなものだし、仮に友希が心を開いたとしても、彼女の深刻な病を支える覚悟が蒼にどの程度あるのかも分からなかった。

自分がとやかく考えることではないと思いはするが、二人の真意を知りたくて、貴志はつい答えを求めるように友希を見つめてしまう。

だが友希は力ない微笑を浮かべただけで、それ以上なにも語ろうとしなかった。


十一月末のある日、蒼は角膜《かくまく》移植後の定期検査のために大学病院を受診した。

諸々の検査を終えたあと、主治医は経過が良好であることを告げてからあらためて言った。

「右が落ちついてきたから、そろそろ左の手術も検討していこうか」

思いもよらない言葉に、蒼は瞳を瞬かせた。もちろんアイバンクにはまだ登録しているから、結果として考えられる展開だった。ただ今回の手術まで通常の倍近い期間待たされていたこともあり、次の機会が巡ってくる可能性などほとんど念頭になかったのだ。遠い将来のこととして漠然《ばくぜん》とは思い描いてはいたが、よもやこんな早々とその言葉を聞くとは思ってもいなかった。

とっさに反応することができず、一拍置いてから蒼は答えた。

「……はい、お願いします」

「片方が回復しているから、優先順位的にはどうしても後回しにはなるとは思うけど、適合とかタイミングとかの運もあるので、いつでも手術を受けられるように心構えはしておいてくださいね」

主治医の言葉にうなずいてから、蒼は診察室を出た。

外来の廊下は両側にむきあうように診察室が並んでおり、各窓口ごとに壁沿いに設置したソファに患者がまばらに座っていた。二十メートルほど先の突き当たりにあるレントゲン室の扉が一度開き、ふたたび閉じたあと『使用中』の赤い表示灯がぱっと点《とも》った。

「帰ったら、言わないと……」

両親の顔を思い浮かべ、確認するように蒼は独りごちた。

右目の手術がそうだったように、移植手術はいつ連絡が入るか分からない。その心づもりは自分だけではなく両親にも必要だろう。もちろんそれだけではなく、反対側の手術を検討できるぐらいに回復が順調なことを告げればきっと喜ぶにちがいない。

何年先になるかは分からないが、恐らく自分はもとの視力を取り戻すのだろう。

喜ばしいことであるはずなのに、喉《のど》の奥になにかが引っ掛かっているような違和感というか不快さがぬぐえなかった。

理由は分かっている。

そうなったとき、友希にどう告げればよいのかを考えてしまったからだ。

失明におびえている彼女に、いずれは左目も手術をして視力を取り戻せるなどと言えるわけがなかった。かといって『春琴抄《しゅんきんしょう》』の主人公でもあるまいし、手術を受けないという選択などできるはずがない。あるいはいまのようにずっと電話でのやりとりだけで過ごすというのなら、手術の件を告げないことも可能かもしれないが……。

——会いたくなければそれでいい。

自分が口にした言葉を思いだして、蒼は複雑な気持ちになる。

友希が自分の病に不安や憤《いきどお》りを抱き、それを一人で抱えきれなくなったときや、その感情を周りの人間にぶつけたいと思ったとき、自分が受け止めてあげられるのならそうしようと、晴香《はるか》と再会したあとに決めた。友希にも告げたように他の人物よりはそれを受け止められると思ったからだ。

だがそれは、あくまでも「他人と比べて」だった。

自分が友希の苦しみや恐怖を十分受け止められるとは思えなかった。それどころか直接会ったときになにを訴えられるのかを想像すると、会うことが怖いとさえ思っている。皮肉なことに電話だけでつながっている現状は、ある種の安心感を蒼に与えてもいた。

かといって、いまの電話のみの関係が生涯つづけられるとも思っていなかった。このまたがいが会う気にならなければ、いずれ時間が諦めの方向に双方の気持ちを動かしてゆくようにも思う。あるいはそれこそ自然なことなのかもしれない。

はたして友希はどうなのだろう？　彼女がこの状態をどう思っているのか、蒼にはいっこうに見当がつかなかった。

思ったよりも友希は頻繁《ひんぱん》に電話をしてきた。その理由が自分の病に対する不安からなのか、多少は蒼に対する愛着からなのか、あるいはその両方なのかは分からない。

友希の話は取り留めもないものばかりで、蒼が覚悟していた病気に対する不安のようなものはほとんど述べなかった。それでも友希のほうから頻繁に電話をしてくることを考えれば、少なくとも声だけでのつながりであれば彼女は蒼を必要としているのだろう。

そこまで考えて蒼は眉を寄せた。望む形であろうがなかろうが、未来は着実に自分にも友希にも近づいてきている。未来は生きているかぎり、どうあっても避けることはできないもので、このままなにもしなければ自然に任せた結果にいきつくだけだ。

はたしてそれは、自分の望む未来なのだろうか？

ぐるぐると思いを巡らせながら歩く蒼の脇を、背の高い男性看護師が足早に追い越して行った。忙《せわ》しげな彼の足音に、答えを出せないまま蒼は思考を打ち切られる。突き当たりのレントゲン室の表示灯が消え、扉が開いた。水色の防護エプロンをつけた女性技師が出てきて、看護師とやりとりを交わしたあと二人一緒に扉の中に入っていった。

予備校帰りの夕刻、蒼はバス停にむかって大通りを歩いていた。

十二月に入ったとたん、まるで待ちわびていたかのように街は一気にクリスマスムードとなった。通りのあちこちからクリスマスソングが聞こえるようになり、老人の腕のように細く節くれだった街路樹は、落ちた葉の代わりに色鮮やかなイルミネーションをまとっている。街路沿いの店のショーウィンドーには、雪や柊《ひいらぎ》、トナカイやベルを模したディスプレイが目立つようになり、赤や緑のクリスマスカラーの衣装を着たマネキンやぬいぐるみがプレゼントの箱を持った姿で展示されていた。

市内循環バスの停留所は、バスセンターではなくそこから二、三分歩いた大通り沿いの歩道に位置している。路線ごとに複数あるバス停は、一番から四番までがこちらの歩道沿いに数メートルおきに並び、五番以降は片道四車線の大通りを挟んだむかい側の歩道に同じような距離を取って並んでいた。

四番のバス停にむかって進んでいると、ちょうど帰宅時間と重なったためか歩道は大勢の人でにぎわっていた。とぐろのようにぐるぐるとマフラーを巻いた若者や、ファーの付いたコートを着た女性。スーツにブルゾンを羽織ったサラリーマンなど、冬衣装に身を包んだ人達と次々にすれちがう。

人熱《ひといき》れの中、どこからか流れてくるハレルヤコーラスに蒼は耳を傾けていた。

ハレルヤはヘンデルの代表作ともいえるオラトリオ『メサイア』の中で、もっとも有名な合唱曲である。条件反射のように頭の中でリズムを奏でていた蒼は、ふと夏場に友希とした約束を思いだした。十二月になったら、なにかCDをかしてと言われていた。そういえばメサイアは候補のひとつだった。約束そのものを友希が覚えているかも不明だが、今度話したとき一応訊いてみようかと考えた。会わないと約束しているから、そのときは郵送をするしかないのだが。

時折かかってくる友希の電話に、蒼は複雑な思いのままいままでも応じている。

そうやって来るべき未来に対して、答えを出すことを先延ばしにしようとしている自分にいらだちながらも、呼び出し音が鳴るとほとんどためらわずに電話を取ってしまう。

友希のほがらかな声は以前と変わらず、目を閉じて暗闇の中で聞くと、間近でささやかれているような錯覚を覚える。だから電話を切っても目を開けたくなかった。彼女の声の余韻《よいん》に浸りながら、時が止まってしまえばよいと考えることもしばしばだった。

同時に以前同じ言葉を友希が口にしたことを思いだすと、蒼の胸は締めつけられる。

あの短い言葉の中に、どれほどの思いが凝縮されていたのだろう。進行性の病を患《わずら》う友希の胸中には、どんな複雑な思いがあったのだろう。そんなことを考えると、ほがらかな彼女の語り口を真に受けることはとうていできなかった。

（友希、大丈夫かな……）

いつしか足取りがのろくなった蒼の脇を、通行人が次々と追い越して行く。

ついに蒼は立ち止まった。

おもむろに取りだした携帯電話の液晶画面を見つめ、いつもと同じことを考える。なにを話そう。どう話したら、会話を長引かせることができるだろう。今日はすごく寒いよ。明日は初雪が降るかもしれない、そう天気予報で言っていた。そんな会話でどれだけ持つだろう？　だがそんなことより、なによりも大丈夫かと訊きたいのだ。そしてそんなふうに考えているときは、未来への答えを出せない自分に対するいらだちは脇に押しやられていた。

立ちつくす蒼の脇を次々と人が通り過ぎて行く。思い悩んでいる最中、手の中の携帯電話が鳴り響いた。表示を見ると友希で、思いがけない偶然に少し驚く。

「はい？」

「蒼君、あたし」

電話のむこうから、活気のある声がした。

「うん、分かるよ」

「ごめんね、また電話しちゃった」

「いいよ、なにかあったの？　どっかの店から『ハレルヤ』が聞こえてきてね」

「いま外にいるの。どっかの店から『ハレルヤ』が聞こえてきてね」

蒼は息を呑《の》んだ。

「あたし、何枚かCDをかりたままにして――」

「ち、ちょっと待って」

友希の話をさえぎり、いったん電話を離して蒼は耳を澄ます。ハレルヤコーラスはとっくに終わり、聞きなれないカンタータが流れていた。

「蒼君？」

少し離した電話のむこうから、友希の訝《いぶか》しげな声が聞こえた。あわてて蒼は携帯電話を耳に当てなおした。

「……あ、聞いているよ」

「かしてくれたこと、覚えている？」

もちろんと言いかけて、口ごもる。ここで肯定《こうてい》すれば、次は返品の話になるだろう。とうぜんのように「送るから」などと言われたら、その言葉を受け止める覚悟がとっさにはできなかった。

「ああ、いいよ。それあげる」

「え？」

「少し早いけど、クリスマスプレゼント」

努めて明るい声で言うと、疑ったふうもなく友希は声をあげた。

「いいの？」

「いいよ。輸入盤だから、そう高いものじゃなかったし」

多分そうだったと思う。母が買ったものだから自信がない。万が一レア物だったりしたら、あとからこっぴどく叱《しか》られるだろうけど、持ちだされたことすら気がつかないくらいだから大丈夫だろう。

「うわあ、ありがとう」

はしゃぐ友希の声が聞こえた。携帯電話のむこう――ではなかった。

（えっ！）

蒼は自分が来た方向を振り返った。友希の声は、まるでライブのように耳に響いた。人混みの中、車が行きかう中、音楽が流れる中――この騒々しい場所ではっきりと。

薄暗くなりかけた周囲を見るため、右の目だけを必死でこらす。歩道はあまりに多くの人が行きかっていて、蒼の不自由な目で誰かを探しだすことは難しかった。それでも彼は必死で周りを見回した。こうしている間にも友希は離れてゆくかもしれない。不安と焦りで、まるで蜘蛛《くも》の糸にでもすがっているような気持ちになる。

「どうしたの？」

電話のむこうから、不思議そうな声がする。あわてて蒼は尋ねた。

「いまどこからかけているの？」

「あたし？　バス停だよ」

なんの疑いもなく友希は答える。蒼は自分が行くはずだったすぐ先の四番のバス停を見たが、電話を使っている乗客はいなかった。

ふたたびむきを変え、通り過ぎたばかりの一番から三番までのバス停を見やる。数メートル置きに設置された停留所には、それぞれ複数の乗客が並んでいたが、電話をしているのかどうかまでは、人混みと薄暗いことが重なり分からなかった。しかし笑い声が聞こえたことから、反対の通りにいるとは考えにくい。

「そういえばコンサートまであと半月だね。練習、ちゃんとしている？」

明朗《めいろう》な口調で友希は尋ねる。チャペルコンサートの件は、数日前になにかのおりに話していた。

「うん。でもまあ、慣れた曲が多いから」

「へえ、余裕じゃない」

「そういう意味じゃないけど」

自分の鼓動をはっきりと感じるほど緊張しながら、平静を装って蒼は答える。息を整えながら歩道を戻る。もしいずれかのバス停にいるのなら、髪の長い女性が電話をしているはずだ。自分が友希を見つけるのが先か、あるいは彼女が蒼に気付くのが先か、綱渡りをするような気持ちで蒼は会話をつなげていた。

「バス、まだ来ないの？」

三番のバス停の少し手前で蒼は尋ねた。

「うん、ちょっと遅れ……あ、あれかな」

友希の声に後ろをむくと、少し先で信号待ちのバスが停《と》まっていた。近くまで走り寄り、行き先から一番に停まるバスであることを確認して、蒼は早足で引き返した。心のどこかで会うことを怖いと思っていたはずなのに、そんな気持ちはかけらもなくなっていた。とつぜん目の前におかれた会えるかもしれないという可能性が、迷いを完全に吹き飛ばしていた。

「蒼君、聞こえている？」

返事がないことを不審に思ったのか、訝しげに友希が問う。蒼は携帯電話をぎゅっと握りしめた。落ちつけ、彼女に気付かれないように一番まで近づかなければ。そう自分に言い聞かせる。見ると横断用の青信号が点滅しはじめている。赤信号のむこうで停車しているバスに目をやりながら、蒼は二番の停留所前まで足を進めた。

「蒼君？」

「あ、聞こえて――」

ぎこちなく返しかけたとき、すぐ先の歩道の光景に蒼は目をすがめた。

「蒼君？　どうかしたの？」

「ごめん、ちょっと」

友希の声が聞こえつづける電話を鞄《かばん》に放りこみ、蒼は歩道の端を歩く白杖《はくじょう》を持った六十代半ばくらいの男性のそばによって声をかけた。

「すみません」

しかし彼は自分のことだと思わなかったようで、立ち止まりもしない。喧騒《けんそう》で聞こえなかったのか、あるいは年齢的に耳が遠くなっているのかもしれない。どうしようかと悩んだが、やむにやまれず蒼は歩道沿いの建物に触れていた彼の左腕をつかんだ。

「なんだ、びっくりした！」

六十代半ばほどの男性は癇癪《かんしゃく》めいた声をあげ、蒼の手を振りはらうようにつかまれた側の肩をぶんっと回した。一瞬殴りかかられたのかと思った。あまり上品とは言えない風貌《ふうぼう》と、思ったよりも乱暴な反応に蒼は臆《おく》しかける。だがすぐに落ちつきを取り戻し、なだめるように言う。

「いきなりすみません。声をかけたけど気付いてもらえなかったので。あの、一メートル先の壁が塗装したばかりですよ」

淡い色に塗られた壁の前には『ペンキ塗りたて』の紙を貼ったコーンが置いてあった。

男性はえっ？　という表情をしたあと、あわてて手を引っこめた。さすがにばつが悪そうな表情を浮かべている。それで収まるかと思っていたら、とつぜん男性は壁から離れ、白杖を持っていた右腕を大きく伸ばして乱暴に前後の地面を探りはじめた。

「ちょ……！」

「な、なに？」

少し後ろにいた若い女性二人が、びっくりしたような声をあげて後じさる。

そういうことか、と蒼が察したときだった。

「そこをどいてあげなさいよ。点字プレートがあるでしょ」

怒ったような口調で言ったのは、きっちりとスーツを着た見るからに横柄そうな壮年の男性だった。つまりこの女性達が立ち話をしていたので、白杖を持った男性は点字プレートの経路を使えなくなってしまったのだ。

指摘されてはじめて気付いたのだろう。女性達は消え入るような声で「すみません」と言った。詫《わ》びが聞こえたのかどうか定かではないが、白杖を持った男性は腹立たしげに舌を鳴らし、それでも点字プレートを探りあてて無事に進んでいった。遠巻きにようすを見ていた人達が、まるで恐れるように道をあける。

ひとまずほっとして、蒼は小さくなってゆく男性の後ろ姿を眺めていた。

そのときだった。

「まったく、近頃の若い娘は……」

蔑《さげす》むような物言いに、蒼は顔をむける。見るとスーツ姿の男性が同意を求めるように蒼を見ていた。若い女性達は居たたまれないような表情で、逃げるようにその場を立ち去っていった。

ひどく嫌な気持ちになって、蒼は男性から視線をそらした。

そこでようやく彼は友希のことを思いだした。電話を取りだそうとした蒼は、一番の停留所にすでにバスが到着していることに気付いた。後方の乗車口からは、列を作った乗客がみるみる車内に呑みこまれてゆく。

「待っ……」

足を踏みだそうとした矢先、最後尾の客が乗りこんだ。ぴしゃりと音をたてて扉を閉ざすと、あっという間にバスは発車していった。

蒼は呆然《ぼうぜん》と歩道にたたずみ、小さくなってゆくバスの背中を眺めていた。

やがてゆっくりと思考が戻ってくる。

あのままバス停に行っていれば、電話をしている友希を見つけることができたかもしれないのに、なぜあのタイミングで自分はあの男性の存在に気付いたのだろう。まして見えにくい左側を歩いている人だったのに——。

そこで蒼は、自分が白杖の男性に対してひどいことを考えていることに気付いた。あわてていましめるように首を横に振ったあと、あらためて考え直す。

もし一番のバス停に友希がいたのなら、通り過ぎたときにすれちがっていたのかもしれなかった。だというのに自分は、彼女の存在にまったく気がつかなかったのだ。映画のような出来事は、現実にはそう起こるものではない。

自嘲的に考えたあと、ふと思いつく。

では友希のほうも、蒼に気付かなかったのだろうか？　彼女の視力の問題を考えれば十分にありうることだが、左目が不自由な自分があの男性に気付いたことを考えると、はたして本当にそうだったのだろうかと考えてしまう。蒼がいることに気付きながら、友希が素知らぬふりをして電話をしてきたということもありうるのではないか？

心の深い部分から、どろりと濁《にご》った思いがこみあげてくるような気がした。

（まさか、気付いていて……）

次の瞬間、蒼はあわてて自分を制した。

なんて嫌なことを考えているのだ。そもそもそんなことは覚悟のうえで、友希の不安を受け止めようと決めたのではないか。

声は聞きたくても会いたくはない。友希がそう思っていることは最初から知っていたはずだ。それなのに会おうと考えて、許しも得ずに動いた自分の行為を棚にあげて非難しようとするなんて、なんて身勝手なことを考えているのだろう。

ハレルヤコーラスを聞いて思いだしたのだと、友希は言っていた。

それ以上のことは考えるまい。そう懸命に自分に言い聞かせても、抑えつけた心から虚《むな》しさや徒労感、疑いのような気持ちがじわじわとにじみだしてくる。

「どうして……」

人々や交通の喧騒に紛らせるように、蒼はつぶやいた。

——どうして目が見えているのに、こんなに見つからないのだろう。

思わずこぼれかけた本音と吐息を、唇を強く結ぶことでかろうじて蒼は抑えた。

コンサートのための練習場所が変更になったと、父を介して木暮《こぐれ》から連絡があったのは予定日の前日のことだった。これまで二回の練習は会場となる教会を使っていたのだが、急に予定が入り聖堂が使えなくなったというのだ。

仕事をしている三人の都合を考えると日にちをずらすことは難しく、しかたなく場所を変更することにしたのだという。本番とちがうオルガンを使わなければならないので、蒼にとってはあまり歓迎したい話ではないが、背に腹は代えられない。

変更場所は桐凜《とうりん》大学のチャペルということで、おそらく晴香が手配したのだろう。大学名を聞いたときは必然的に友希のことを思いだし、別の話だと言い聞かせながらもなんとも複雑な気持ちになった。

一度頭を振って、蒼は現実の問題に気持ちを切り替えた。

はじめての場所はオルガンの種類が分からないことが心配だった。大オルガンとかだったら、いきなり弾くことはちょっと不安が残る。一時間くらい早めに行って練習させてもらえるといいが、そうなると晴香に連絡を取らなければならない。電話番号は分かるが、彼女に直接連絡をすることは少々抵抗がある。かといって小暮を介するのも、晴香と知りあいだと認識されているだけに変な勘繰りをされそうで気が進まない。

しばし悩んだあげく、妙な誤解を招くよりはましだと思い貴志に電話をした。

晴香から聞いていたのだろう。貴志はコンサートのことも、練習場所が変更になったこともすでに知っていた。そのうえで彼は、一時間早めに使いたいという蒼の希望を晴香に伝えることを承諾してくれた。

「チャペルの場所、分からないだろう。明日三時なら校門前に迎えに行ってやるよ」

「あ、それ助かる」

いくら許可を受けていても、生徒でもない者が一人で校内に入ることは抵抗がある。

諸々含めて安堵《あんど》する蒼に、おもむろに貴志が訊いた。

「明日大学に来ることを、東堂さんに伝えたのか？」

蒼は黙りこんだ。

「…………いや」

間をおいて返事をしたことをどう思ったのか、遠慮がちに貴志は言った。

「明日、俺が伝えておこうか？」

「どっちでもいい」

「……」

「どのみちむこうが知らないふりをすれば、俺は分からないんだから」

口調が刺々《とげとげ》しくなったことは否《いな》めなかった。

先日のバス停での件を、まだ引きずっていることは自分でも分かっていた。本当にどうかしている。あのときの友希の意図など知りようもないというのに。あるいは本当に彼女も気付かなかっただけかもしれないのに。

「そうだな」

なだめるような貴志の物言いに、蒼ははっとわれに返る。

「じゃあ、今晩どうするか考えてみるよ」

意味深なことを告げて、貴志は電話を切った。蒼は渋い表情で電話を机に置いた。

はっきりとどうしたかったのか告げればよかったと心の底から後悔したが、そのどうしたいのかが自分の中で曖昧《あいまい》だからしかたがない。

少し前まで、会うことが怖いと思っていた。いまだってその気持ちが、完全になくなったわけではない。だがバス停で友希が近くにいると察したとき、それまであった恐れや抵抗の気持ちは完全に吹き飛ばされ、ただひたすら会いたいとだけ思ったのだ。

あの騒々しさの中、顔すら見えないような距離にいた友希の笑い声がどうして耳に届いそのうえバスの都合もあって、三時より十分ほど早めに着いてしまった。通常の待ちあわせならこれぐらいに早く着くことは好都合だが、さすがにこの天候ではきつい。

門から出てくる学生達は、みな厚手の上着を着込んで寒そうに身をすくめている。かつての母校とはいえ、まったく勝手のちがう大学はやはり居心地の悪さを感じる。制服を着てちがう高校の校舎に入ったような気がして落ちつかない。

早く貴志が来てくれないかと思いながら、蒼は門を通り抜けてくる同じ年頃の学生達を眺めていた。

（ここに、友希がいるんだよな………）

ふと思いつき、いまさらあらためて考えることでもないだろうと自嘲する。

そういえば貴志は、自分がここに来ることを友希に伝えたのだろうか？　昨日は腹立ちから〝どっちでもいい〟などと答えてしまったが、黙って探したりはしないと約束したからには、今日来ることを友希に伝えておいてもらうほうが筋だったのではないのだろうか？　それ以前に自分の口から伝えるべきだったのではなかったのか？　もし彼女が知らずにここに来て、蒼がいることに気付いたりしたら――。

（まずかったかな）

せつなの戸惑いのあと、すぐに蒼は開き直る。もしそんな事態になれば、友希が気付かないふりをするだろう。それで事は済む。こっちは彼女の顔を知らないのだから、むこうがなにか言ってこなければどうにもならない。いまこの瞬間すれちがっても、こっちは彼女が分からない。

そんなふうに考えてから、蒼は思わず舌を鳴らした。自分を納得させるために考えていたはずなのに、次第にいらだちがこみあげてきて抑えられなくなる。

蒼は肩にかけていた鞄を外すと、中をのぞきこんだ。出掛けに揃《そろ》えたはずの楽譜《がくふ》をいまさらあらためて確認しようと思ったのは、通り過ぎる学生達の中にいつのまにか長い髪の女性を探している自分に気がついて我慢ができなくなったからだ。

ごそごそと鞄の中身を探っているさなか、覚えのある香りが鼻をかすめた。

紅茶に柑橘《かんきつ》系のベルガモットをあわせた、あの香りだった。

(え?)

顔をあげた、その瞬間。

「悪い、待ったか?」

聞き慣れた声に蒼はわれに返る。あたりには数名の学生がいたが、髪の長い女性は一人もいなかった。声がしたほうに視線をむけると、灰色のセーターを着た貴志が校内のほうから歩いてきていた。

そのうえバスの都合もあって、三時より十分ほど早めに着いてしまった。通常の待ちあわせならこれぐらいに早く着くことは好都合だが、さすがにこの天候ではきつい。

門から出てくる学生達は、みな厚手の上着を着込んで寒そうに身をすくめている。かつての母校とはいえ、まったく勝手のちがう大学はやはり居心地の悪さを感じる。制服を着てちがう高校の校舎に入ったような気がして落ちつかない。

早く貴志が来てくれないかと思いながら、蒼は門を通り抜けてくる同じ年頃の学生達を眺めていた。

（ここに、友希がいるんだよな………）

ふと思いつき、いまさらあらためて考えることでもないだろうと自嘲する。

そういえば貴志は、自分がここに来ることを友希に伝えたのだろうか？　昨日は腹立ちから〝どっちでもいい〟などと答えてしまったが、黙って探したりはしないと約束したからには、今日来ることを友希に伝えておいてもらうほうが筋だったのではないのだろうか？　それ以前に自分の口から伝えるべきだったのではなかったのか？　もし彼女が知らずにここに来て、蒼がいることに気付いたりしたら――。

（まずかったかな）

せつなの戸惑いのあと、すぐに蒼は開き直る。もしそんな事態になれば、友希が気付かないふりをするだろう。それで事は済む。こっちは彼女の顔を知らないのだから、むこうがなにか言ってこなければどうにもならない。いまこの瞬間すれちがっても、こっちは彼女が分からない。

そんなふうに考えてから、蒼は思わず舌を鳴らした。自分を納得させるために考えていたはずなのに、次第にいらだちがこみあげてきて抑えられなくなる。

蒼は肩にかけていた鞄を外すと、中をのぞきこんだ。出掛けに揃《そろ》えたはずの楽譜《がくふ》をいまさらあらためて確認しようと思ったのは、通り過ぎる学生達の中にいつのまにか長い髪の女性を探している自分に気がついて我慢ができなくなったからだ。

ごそごそと鞄の中身を探っているさなか、覚えのある香りが鼻をかすめた。

紅茶に柑橘《かんきつ》系のベルガモットをあわせた、あの香りだった。

（え？）

顔をあげた、その瞬間。

「悪い、待ったか？」

聞き慣れた声に蒼はわれに返る。あたりには数名の学生がいたが、髪の長い女性は一人もいなかった。声がしたほうに視線をむけると、灰色のセーターを着た貴志が校内のほうから歩いてきていた。

気持ちを切り替えるつもりで、蒼は愛想よく微笑《ほほえ》んだ。

「いや、いま来たばかり」

答えてから蒼は、あらためて貴志を見た。

「お前、そのかっこうで寒くないの？」

「上着をロッカーに入れたままにしてきたことを、いま心から後悔している」

上背《うわぜい》のある身体《からだ》を縮こまらせる貴志に、蒼は小さく噴きだした。

そのまま連れ立って、チャペルにむかった。赤煉瓦《れんが》造りの建物の扉を押し開くと、入ってすぐの玄関廊のところで晴香が待っていた。

微妙にぎこちない空気は否めなかったが、もはやしかたがない。

「ごめん、手をかけさせて」

程よく親しげに、蒼は晴香に話しかけた。

「ううん。確かに一度弾いておかないと難しいと思うの」

言いながら晴香は身廊《しんろう》への扉を開いた。中に入って後ろを見上げると、出入り口の上にあるトリビューンと呼ばれる二階部分に、壁一面を占める巨大な多数の銀色のパイプが凝《こ》った意匠の木枠に囲まれて鈍く光っていた。

「早めに来てよかった。やっぱり大オルガンだった」

しみじみと蒼がつぶやくと、隣で見上げていた貴志が目を丸くした。

「お前、これ弾けるの？」

「……お前、俺と何年付きあっているんだよ」

「高校のチャペルにあったやつは、こんなでかくなかっただろ」

呆《あき》れたような顔をする蒼に、貴志は言い返した。確かに高校のチャペルにあったオルガンはせいぜいピアノぐらいの大きさだった。大オルガンは楽器というより建築物といったほうが的確な外観で、素人目にはどこに鍵盤《けんばん》があるのかさえ分からないものだ。

「二人とも、こっちよ」

すでに歩きはじめていた晴香が、側廊《そくろう》の奥にある扉を開いた。先には細い通路があり、突き当たりは螺旋《らせん》階段になっていた。

晴香を先頭にぐるぐると回りながら登り、トリビューンに着いた。

そこからは一階では手摺《てすり》に隠れていた演奏台が見えるようになっていた。鍵盤は三段あり、両側に付いた音栓《おんせん》はかなりの数だ。

手足の鍵盤を押して音色を確認しながら、蒼は音栓の調整を行った。

音を確認したあと慣らしのつもりで曲を奏でることを提案すると、晴香は賛同した。

「じゃあ、私は下で音を聞いてくるわ」

慣れた手つきで操作をする蒼に安心したのか、晴香はトリビューンを出ていった。

ひんやりとしたチャペル内に、蒼が演奏する『G線上のアリア』が響きわたる。

貴志はベンチの横に立ち、感心した面持ちで蒼が演奏するさまを眺めていた。鍵盤を押すたびに、対応する巨大なパイプから音が吐きだされて周りに共鳴する。大量の空気を送風する大オルガンの音色は、チャペルの壁を震わせるように室内全体に鳴り響いた。

「すごいな。俺だけが聞いているのがもったいないみたいだ」

独り言のような貴志のつぶやきを聞き流したあと、蒼は演奏を止めないまま尋ねた。

「俺がここに来ることを、結局友希には言ったの？」

「え？」

聞き直すように声をあげた貴志に、鍵盤に目をむけたまま蒼は言った。

「実はさっき正門のところで、同じ香りがして驚いたんだ」

だから貴志から話を聞いた友希が、来たのではないかと思った。自分がいることを知って彼女がここに足を運んだのではないかと、一瞬考えてしまったのだ。

そこで蒼は自嘲的に笑った。

「でも、髪、短かったし……」

「東堂さん。髪、切っているぞ」

思いがけない言葉に、蒼は指を止める。それまでチャペル全体に響いていた音が鳴りやみ、潮が引くように余韻を残しながら消えていった。

鍵盤から顔をあげると、貴志は驚いたように蒼を見下ろしていた。それは蒼が友希の容貌を知らないという事実に、あらためて気がついたような反応だった。

まじまじと自分を見上げる蒼に、貴志はばつが悪そうに言った。

「今朝、偶然会ったから……お前が来ることも時間も、一応彼女に言った」

「……」

貴志の告白を、蒼は呆然としたまま聞いた。

「どうしたの?」

演奏が止まったことを不審に思ったのか、下から晴香の叫ぶ声が聞こえた。

しかし蒼はまったく反応することができなかった。現実を理解するのが精一杯で、貴志の言葉がなにを意味するのかうまく考えられない。正門でかすめたあの香り。あれが友希のものだとしたら、彼女は蒼がいることを承知でやってきたのだ。

それはつまり――。

「有村」

あらためて呼びかけられ、蒼はわれに返る。しかし、かろうじて視線を定めはしたが心境はまだ動揺したままだった。

「お前が望むのなら、俺は東堂さんのところに連れていくよ」

「……………」

「俺は彼女になんの義理もない。頼まれればお前のほうを優先させるに決まっている」

物言いはけして強いものではなく、どうするのかはすべて蒼の選択に委ねられていた。

なにか言おうと口を開きかけたとき、携帯電話の音が響いた。蒼はコートのポケットに電話を突っこんだままにしていた。短い見つめあいのあと、貴志は目配せをする。まるで促《うなが》されるように、蒼は携帯電話を取りだした。

液晶画面に記された名前は友希だった。

予想していたわけでもないのに、不思議なほど驚かなかった。

開け放していた扉から晴香が姿を見せた。

「どうしたの？」

上からあまりに反応がないので不審に思ったのだろう。貴志は彼女のそばに行き、なにか話してから扉のむこうに消えていった。

一人になったトリビューンで、蒼はちかちか光る液晶画面をじっとにらみつづけた。

ここにきて蒼は、はっきりと友希を憎んでいた。

もちろん愛《いと》しく思っているし、心配もしている。会いたいと思う気持ちもある。だというのに、いや、だからこその憤りが生じはじめていた。

こちらが気付いていないと思って、白々しく電話をしてきたのだろうか？　バス停ですれちがったときのように——あのとき友希が気付いていたのかなど確証もないのに、蒼は強く憤っていた。

切ってしまえばいい。いやそれよりも、こちらが取らなければ諦めるだろう。

だが呼びだし音は、永遠につづくかと思うほどしつこく鳴りつづけている。まるでこちらの思いを見透かしたかのように——。

「はい」

いらだちと敗北感にとらわれたまま、蒼は電話を耳に当てた。

短い返事が、あからさまに不快な声音《こわね》になっているのが自分でも分かった。

「ごめん。忙しかったの？」

問う友希の声は平淡だった。開き直っているのかと一瞬怒りにかられはしたが、証拠もないのに決めつけることはできなかった。そもそもたとえ友希が素知らぬふりで正門まで来ていたとしても、もともとの約束を考えれば自分には怒る権利などないのだから。

いくぶん冷静さを取り戻し、蒼はこみあげかけていた感情をなんとか抑えた。

「……あまり長くは無理だけど」

「そうよね。練習しに来ているんだものね」

悪びれたところもない物言いに、先刻苦労して抑えた怒りがまたせりあがってきそうになった。落ちつくように試みたが、それでも尋問するような口調になってしまう。

「俺がいまどこにいるのか、知っているんだよね」

「正門まで、会いに行ったのよ」

まるでそう口にする機会を待ちかねていたかのように、はっきりと友希は言った。

そして蒼が反発する隙《すき》を与えず、素早く告げた。

「声をかけるつもりだったの」

「え？」

「ごめん。でも、やっぱり覚悟ができなかった」

それまでふてぶてしいほど平淡だった声に、はじめて消沈の色がにじんだ。

蒼は携帯電話を握りしめた。彼の心から先ほどこみあげていた怒りが潮が引くように消えさり、代わりに友希が口にした言葉の意味を考える冷静さが満ちるように生じた。

覚悟をして会いに来たけれど、結局挫《くじ》けて逃げてしまったと言うのだ。

挫けてしまったことはしかたがない。勇気とか強さとか、友希の苦悩がそんな単純なものだったら、こんな歪《いびつ》な形で縁をつづけようとは最初からしないだろう。

だからそんなことよりも、もっと不思議に思うことがある。

「どうして、俺に会いに来ようと思ったの？」

蒼は尋ねた。あれほど拒絶をしていた友希が、なぜ会おうと思ったのか。彼女のうちにどんな心境の変化があったのか、それを知りたかった。

一拍置いて友希は口を開く。

「メサイアのことを話したとき――」

一瞬、蒼は身を固くした。言うまでもなく、バス停で電話をしたときのことだ。あのときも蒼がいることに気付いて、友希は電話をかけてきたのだと疑っていた。

「蒼君、白い杖《つえ》ついた男の人を助けたでしょ。あのとき気付いたのよ」

「気付いていた？」

「え？」

真相を告げられ、蒼は少しばつが悪い気持ちになった。いまの言い分からすると、少なくとも電話をかけたときは、友希は蒼が近くにいることに気付かなかったことになる。自覚はなかったが、あの騒動はけっこうな注目を浴びていたようだ。

「助けたっていうほどのことじゃ……」

「でもあの人、怒っていたよね」

「………」

怒っていたというのはひょっとして語弊《ごへい》があるのかもしれないが、結局怒鳴りつけられただけで、後味が悪い結果にはなってしまった。

答えられずにいる蒼にかまわず、友希はつづけた。

「悪いのは蒼君じゃなくて、あの女の子達なのにね」

「彼女達も悪意があったわけじゃないし、あの人は彼女達にも怒っていたよ」

誰をかばっているのか、なだめているのかも分からないまま蒼は言った。

「うん。なにを言っているのかは聞こえなかったけど、わざとじゃないんだからあんなに怒らなくてもいいのに。あの女の子達、萎縮《いしゆく》しちゃって可哀想《かわいそう》だった」

一度同意をしてから、友希は言った。

「でもあたしは、あの人の気持ち分かるのよ」

友希が言う〝あの人〟が、白杖をついた男性だと理解するのに少し間を要した。

「悪気はないと分かっているけど、無神経な言動や考えなしの行動が気になって、ときどき自分が抑えられなくなるぐらいに腹立たしくなるの」

電話であるにもかかわらず、蒼は無意識のうちにうなずいていた。

別に視力に関係なく、そんなことはどこにでもあることだ。

ただ目が見えなかった時期は、よけいに強く感じていたように思う。些細《ささい》な言動、誤解から生じる思いこみ、相手の立場に立たない自分本位の行為——多かれ少なかれ誰にだってある他人の欠点が、気に障ってしかたがなかった。

実際、出会った頃の友希に対しても同じことを思った。

だけど友希の人柄を知るうちに、あまり気にならなくなった。

「俺も分かるよ」

蒼は言った。男性の気持ちが分かると言った友希の気持ちが、手に取るように蒼は分かった。彼女の絶望や恐怖を分かると言うことはおこがましく感じていたが、周りに対していらだつ気持ちならば理解できると思った。

「だからあんなふうに怒鳴られても、逃げなかったの？」

「え？」

意味を問うように蒼は短くつぶやいたが、友希はさらに別の問いを投げかけた。

「あたしが怒鳴ったり怒ったりしても、怖くない？」

「多分……もう、大丈夫だと思う」

あまり考えることもなく、自然に蒼は返した。彼の心からは、電話を取ったときに感じていた腹立たしさは完全に消えていた。

電話のむこうでしばらく沈黙をつづけたあと、友希は少し明るい声で言った。

「長々とごめんね。練習、頑張ってね」

「……うん」

蒼が短く答えると、友希は乾いた笑いをこぼして電話を切った。


その日の夜、蒼はベッドに転がってずっと思案していた。

昼間のやりとりがずっと心に残っていた。怖くないかという友希の問いに、蒼は〝多分大丈夫〟と答えた。自分でも驚くほど自然に、あの言葉は口からこぼれでた。

白杖の男性から怒鳴られたとき、剣幕に驚きはしたが怖いとは思わなかった。そんな蒼のふるまいを見て、友希は会おうと決意したのだという。

病の不安を訴えられても、蒼はいまでも言える言葉は思いついていない。

だがもとより、そんな言葉はなかったのかもしれない。どれほど親身になって励まし慰めても、病は好転するわけではない。ならば言葉を探そうとすること自体が筋違いだったのかもしれない。そもそも自分の病が努力や精神論でどうにかなるものではないことぐらい友希は知っている。だから彼女は将来のために、支援センターで点字をはじめとした訓練を受けていたのだし、蒼に近づいたのも来るかもしれない最悪の未来への心構えを持ちたかったからだと言っていた。

ふと蒼は、ひょっとして自分はなにか思いちがいをしていたのではと考えた。

これまで友希の不安定さが心配で、大丈夫なのかといつも訊きたいと思っていた。

だけど本当は友希は自分が考えているよりずっと強い人間で、不躾《ぶしつけ》なふるまいをしたり感情的になったり、ときには理不尽とも思える暴言を吐いたりしたことには、逃避や弱さではなく、すべて彼女が自分の未来を受け入れるための準備として必要なことだったのではないだろうか？

蒼はひょいと身体を起こした。彼はヘッドボードに乗せた携帯電話をしばらく見つめていたが、やがて意を決すると手を伸ばした。数度の呼びだし音で友希は出たが、昼のやりとりの内容が内容だっただけに声は少し緊張しているように聞こえた。

「どうしたの？」

「昼間、訊くのを忘れていたんだ」

「……なにを？」

「以前、見えるようになると分かっていたら近づかなかったって言ったよね」

手術から三日目の病室で、友希が別れを告げたときに放った言葉だ。あらためて口にしてみると本当にひどい言葉だ。暴言以外のなにものでもない。

どう受け止めたのか、電話のむこうで友希は無言だった。沈黙から彼女の警戒が伝わったが、かまわず蒼はつづけた。

「なのにどうして、俺が手術を待っていると分かったあとも会いに来たの？」

本当にそう思っているのなら、それを知った段階で来なければよかったのだ。だけど友希はそれをしなかった。その理由は自惚《うぬぼ》れなどではなく単純だ。

はたして友希は腹立たしげに答えた。

「そんなこと、言わなきゃ分からないの？」

「じゃあ分かるよね」

蒼が返すと、さらにいらだったように友希は問うた。

「なにを？」

「俺がどうしてこうやって電話をしているのか。どうしていまでも友希からの電話に応じているのか、分かるよね？」

蒼の問いに友希はふたたび押し黙った。蒼が問いつめないでいると、しばらくしてから渋々と彼女は言葉を発した。

「……分かっている」

利にもならないこと。未来につながらないこと。あるいは未来を歪《ゆが》めかねないかもしれないことを、それでもやめられずにいる理由なんて明白だ。

「俺、いまでも友希のことが好きだよ」

「………」

「けど、そんなことは分かっているよね」

友希は答えなかったが、蒼も返事を求めようとはしなかった。

なぜ会いに来たのか？　そしてなぜ電話をつづけているのか？　その問いに分かっていると答えた段階で訊くまでもないことだったからだ。

「話はそれだけ？」

しばしの沈黙のあと、突き放すように友希が言った。

「もうひとつ訊きたい」

蒼は言った。

「会いたくないのは自尊心のため？　それとも俺に迷惑をかけるから？」

「………どっちもよ」

一瞬返答に窮《きゅう》したあと、友希は答えた。

「前も言ったでしょ。あたしはあなたに会ったら、なにを言うのか分からないって」

「気にしなくていいよ」

間髪を容れずに蒼は返した。電話のむこうで友希が「え？」とつぶやいた。

「それでとうぜんだから。俺だってそうだったから。相手に一方的に世話をかけてしまうことが嫌で、それは迷惑をかけるからなんていう健気なものじゃなくて、自分が惨《みじ》めだったからだよ。自尊心からそうやってずっと人を遠ざけていた――友希に会うまでは」

「……………」

「俺は同じことを友希に返したいだけだから」

「やめて」

ぴしゃりと友希は言った。抑揚を抑えた低い声だったが、あきらかないらだちがにじみでていた。

電話のむこうで彼女がひとつ息をつく気配がした。

「知っているでしょう。あたしは自分のためだけにあなたに近づいたんだって」

これまで幾度か聞かされた主旨の言葉を、友希はふたたび繰り返した。だから、何度か聞いているから、近づいてきた動機なんてとっくに知っている。そしてその言葉の背景にある複雑な思いも、蒼は察しているつもりだった。

黙っている蒼をどう思ったのか、とつぜん口調を穏やかにして友希は言った。

「だから、そんなに気遣わなくていいのよ」

「気遣いとか……、そういう問題じゃない」

自分でも驚くほど素早く蒼は反論した。それまで冷静だったはずなのに、自然と声が大きくなっていた。暴言は受け止められても、自分の思いを義理とか同情とか、あるいは良心の呵責《かしゃく》などの言葉でまとめられてしまうことは承服できなかった。

蒼の剣幕に気圧《けお》されたように、一拍遅れてから友希は言った。

「でもあたし、そこまで図々しくなれないよ」

「え？」

蒼は彼女の発した言葉の意味が、すぐに分からなかった。

だが短い混乱のあと、すぐに冷静さがよみがえった。

——人になにかいろいろしてあげられるような存在ではない。

友希への想いを自覚した瞬間、真っ先に感じたことを彼は思いだした。

他人になにかをしてもらうばかりで、なにもしてあげられないいまの自分に、誰かを好きになる資格などあるはずがない。

迷惑をかけるということは、相手に対する申しわけなさだけではなく、自尊心も打ち砕かれることなのだ。

「待って、それはちがっ——」

「お願いだから、これ以上、惨めにさせないで」

耐えきれないというように友希は言った。その声音があまりにも悲痛だったため、蒼は反論の言葉を挫かれてしまう。

「あなたが見えるようになる人だって分かった段階で、離れることができなかったあたしが悪いのよ」

電話を握りしめる蒼に、一息おいてから友希は言った。

「いままでありがとう。もう、電話しないから——」

七章　君が香り、君が聴こえる

コンサートの日は明け方から小雪が降りはじめていた。交通網が乱れているという情報はなかったが、念のために蒼《そう》は早めに家を出ることにした。黒い門扉《もんぴ》にはうっすらと白い雪が積もっており、開けたはずみでばさりと固まって地面に落ちた。雪をかぶっていた金属の柵は、素手で触れると身震いするほどに冷たかった。

緩やかな坂を下りながら、蒼は前方に広がる海に目をむけた。鉛色の荒れた水面は重苦しく、灰色の雲が立ちこめた空と入りまじって水平線がはっきりとしない。

友希《ゆうき》に手を引かれ、あの海に出たのは数カ月前のことだ。彼女のすべらかな柔らかい手に導かれてこの道を歩いた。首筋や頬《ほお》に吹く心地よい浜風。次第に強くなってくる潮の香り。スニーカーを通して伝わる焼けた砂の熱。ジェラートのようにねっとりした波打ち際の砂。顔にあたる飛沫《しぶき》。鮮明な記憶の数々は、目で見たことなどひとつもない。それなのに昨日のことよりはっきりと覚えている。

あの夜以降、友希とは話をしていない。何度か電話をしてみたが、友希はけして出ようとしなかった。もちろんむこうからもかかってこない。一度は会おうとしてくれた彼女から、とうとう引導を渡されてしまったことを自覚せざるをえない。そのきっかけを作ったのが、はからずも自分の発言であることを蒼は十分承知していた。

停留所で冷たい海風に身震いしていると、意外なことに予定通りの時刻にバスが来た。よくヒーターの効いた車内は、天候の影響か乗客は二人しかいなかった。

一番後ろの五人掛けの席の端に座ると、蒼は冷たい窓にもたれるようにして目を閉じた。たちまち視界が閉ざされる。数カ月前まで、いつもこんなふうだった。あんなになにもしない二年だったのに、いまは二十年の経験をしたように感じている。漫然《まんぜん》と過ごしていても、あとから考えればなにもしていない時間などないのだと納得する反面、それが現在の自分と線を作れていないことは痛いほど自覚していた。

目をつむったまま、蒼は考える。いったい自分にとって、あの二年はなんだったのだろう。なんのためにあの二年があったのだろう。あんなにもいろいろな思いを巡らせた時間だったのに、自分の内で切り離したように浮かびあがってしまっている。だから自分の中で過去と現在がひとつの線になりきれないでいる。

手術のあともう会わないと言われたとき、友希を励ます言葉もかける言葉も持たない自分は承諾するしかないと考えた。そして似たような経験をしておきながら、なにもできない自分に対して、あの二年は意味のないことだったのだと自嘲《じちょう》的に思っていた。

だが先日友希から、怒鳴ったり怒ったりしても怖くないかと訊《き》かれたとき、蒼は特に考えることもなく大丈夫だと答えることができた。それぐらいのことなら、できるだろうと思った。

蒼の心の奥底で、ゆっくりとある種の思いが育《はぐく》まれていた。

度量にも信頼にも似たその思いは、大丈夫だと口にしたことではじめてその存在に気がついたほどにこれまで自覚がなく、自分がいつのまにかそんなものを持てるようになっていたことに蒼はあのときはじめて気付いたのだ。それはまちがいなく、見えなかった二年間が作りあげたものだった。

そんな蒼の内側の変化に友希は気付き、一度は会う決意をした。だが彼女は自分の未来を恐れ、結局拒否されてしまった——他人になにかをしてもらうばかりで、なにもしてあげられないいまの自分に、誰かを好きになる資格などあるはずがない——かつて蒼が考えたことと似たようなことを、友希も考えたのだろうか？

目を開けて、蒼は拳《こぶし》を前の席の背もたれに押しつけた。

どうしようもなく友希に会いたかった。約束も相手の気持ちもおかまいなしに、彼女を引き寄せたい。いまとなっては、ただそれだけだった。

バスは、ほぼ時間通り目的地に停車した。

天候を見て同じことを考えていたのか、すでに聖堂では晴香《はるか》と木暮《こぐれ》が待っていた。他に木暮の妻と数名の信徒が手伝いにやってきていた。

「早かったのね」

自分が言おうとした台詞《せりふ》を先に言われ、蒼は苦笑した。

晴香は髪をアップにして、夜の帳《とばり》のような深い藍色のドレスを着ていた。唯一のアクセサリーである、月の雫《しずく》のような金とも銀ともつかぬ不思議な色合いのペンダントが、清楚《せいそ》な美しさをより際立たせている。

彼女の服装を見て、蒼は不安になった。一応ジャケットを着てはいたが、下はシャツだけでタイはしていなかった。

「ノーネクタイでよかったんですか？」

「最近は指揮者でも、ノーネクタイよ」

木暮が答えるより先に、からかうように晴香は言った。

心配していた天気の影響もなく、開場時間になるとすぐに聴衆が入りはじめ、開演五分前には立ち見席まで埋まってしまっていた。実は二人の男性のソリストは、それなりに名を知られた歌い手だった。

「そろそろ行きましょう」

フルート奏者の女性が、まるで教師のような口調で蒼と晴香を促《うなが》した。ちなみに彼女は黒のシフォンのアフタヌーンドレスを着ていたので、見た目は地味だが実は晴香よりもっとフォーマルな服装だった。

開演時間となり、出演者が翼廊《よくろう》に用意されたそれぞれの席についた。木暮が挨拶《あいさつ》と短い説教を行い、そのあとオルガンとフルートでのシンフォニアの演奏で開演となった。

晴香が翼廊の中央に歩みでた。最初の曲はヘンデルのメサイアから、メゾ・ソプラノのアリア『だが、彼の来る日に誰が身を支えうるか』である。次いでテノールのアリア『すべての谷は埋めたてられ』と、メサイアからの選曲がつづいた。

プログラムは順調に進み、バッハのマタイ受難曲から、三十九番『憐《あわ》れみたまえ、わが神よ』の番になった。すすり泣くようなヴァイオリンでの前奏部がときには声楽より注目される曲だが、今回はどうしようもない。

晴香は実に情感をこめて、このメゾ・ソプラノのアリアを歌いだした。

かつての彼女の声は、とにかく高音がすごいという印象があった。順調に技術がついていけば、夜の女王のアリアでさえ楽々こなせるのではないかと思えるほどだった。

だがそこの部分だけがあまりに突出していて、他の部分がついていけずにいたのも事実だった。あるいはそのアンバランスさが、聞く者に不安定という印象を与えていたのかもしれない。しかしメゾに転向したことで、いまの彼女の歌はまろやかにすべての音がつながり、以前にはなかった安定感が出るようになった。

間奏に入り、晴香は一息ついた。

あくまでも歌を追いつづけていた伴奏《ばんそう》は、次のシチュエーションを迎えるための準備をはじめる。控え目に盛りあがりつつあった旋律《せんりつ》は、やがて静かな哀《かな》しみのアリアを受け入れる。晴香はふたたび歌いはじめた。石を投じた湖の波紋のように、音の輪はゆっくりと聞く者の胸に広がり、染み入ってゆく。

晴香の歌には、二年前になかった安定と自信があった。

この歌い方を得るために、彼女はなにを思い、どんなふうに決断したのだろう。

そんなふうに自分の知らない晴香の二年間を思ったあと、蒼は自分の二年を顧《かえり》みた。

当初は混乱した。気を取り直してからも閉塞《へいそく》感や焦りは消えず、周囲のぎこちない気配りにいらだって疎外《そがい》感を強めていった。特定の人間としか触れあわず、特定のことしかやろうとしなかった。

そんな中で友希と出会った。彼女は蒼が頑《かたく》なに認めようとしなかった〝見えない世界〟の存在を、強引に、そして明確に突きつけた。そして蒼は見ることができないまま、友希のためにこの曲を弾こうと決めた。

見えるようになったいま、彼女がいないままで弾いている。だが蒼の耳に聴こえる旋律は同じものだ。見えようが見えまいが、自分の指からかもしだされる音は同じだった。

もう少しでなにかがつながりそうな気がして、もどかしさを抱きながら蒼は祈るような思いでオルガンを弾きつづけた。

前奏部と同じように、すすり泣きのような伴奏で第三十九番のアリアは終わった。

一拍置いて、聖堂内に拍手が響きわたる。気がつくと晴香が、聴衆にむかって深々と頭を下げていた。弾き終えた実感もないまま、夢から覚めたような気持ちでいる蒼の耳に晴香の澄んだ声が響いた。

「弾き方、前と少し変わったわね」

蒼は鍵盤《けんばん》から顔をあげた。これまで二カ月近く一緒に練習を重ねてきたが、こんな言葉ははじめて聞いた。どうして今頃という疑問を抱いていると、晴香はモナリザの肖像のような意図の分からぬ微笑を浮かべて言った。

「じゃああなたの二年間は、なにがあったの?」

最初のうちはなんとかもっていた天候だったが、時間の経過とともに次第に雪が強くなり、コンサートは予定より二十分ほど早く切りあげての終了となった。にもかかわらず、大幅にバスが遅れているという報告が入ったのは閉演直後のことだった。

「走ってはいるから、待っていれば来るらしいけど」

電話で確認を取ったという木暮の妻が、気の毒そうに言った。よほどどうしようかと悩んだが、結局路線に沿って歩くことを決めて蒼は教会を後にした。

淡い灰色の空間を、音もなく雪が降りつづけていた。細い通りを抜けて出たバス通りには、教会の創設者である宣教医師縁《ゆかり》の十階建ての総合病院のほかに、それより少し低いぐらいから半分ぐらいまでの高さのマンションやビルが林立していた。

歩道沿いに立ち並ぶイチョウの枝はこんもりと雪を抱き、白いイルミネーションを飾りつけたかのように見える。片道二車線の車道を、がちゃがちゃと音をたてチェーンを巻いた車が一台だけ通り過ぎて行った。普通車が行くぐらいだから、このまま歩いていればいずれバスが通るだろう。少し先にあるバス停に目をむけ、蒼は考えていた。

車が通り過ぎたあと、あたりはふたたび静寂《せいじゃく》に包まれた。普段は人も車もそれなりに多い通りなのに、いまは人影もなく歩道は真新しい雪におおわれている。踏みこむたび、さくさくと柔らかい音が響く。それだけが耳に聞こえる唯一の音で、まるでこの世にたった一人放りだされたような、そんな錯覚を覚えてしまうほどの静けさだった。

「バス、本当に来るかな？」

なにげなく口をついた自分の言葉に不安をあおられ、蒼は来た道を振り返った。足跡はかなり先までくっきりと残っていて、雪の勢いはそれほどでもないようだった。

安堵《あんど》しつつふたたび歩きはじめた矢先、とつぜん左膝《ひだりひざ》の力ががくりと抜け、蒼は雪のうえに両膝と左手をついた。雪といってもその下は石畳の歩道だ。衝撃に顔をしかめ左の足下を見ると、なんと石畳がそこだけ陥没《かんぼつ》していた。

雪のために見えなかったのか、それとも左目のせいで気付かなかったのか。考えながら蒼は立ちあがり、両膝に付いた雪を払い落とした。それなりに強く打ったようで、左の膝は鈍く痛みつづけている。

「……ったく」

忌々《いまいま》しげにつぶやいたあと、ふと蒼は、夏に友希が塀に足をぶつけて電話をしてきたときのことを思いだした。自分の症状が悪化したものと思ったのか、あのときの友希はひどく取り乱して泣きじゃくっていた。尋常ではないそのようすに、蒼は目が見えないまま彼女のもとに行かざるをえなくなったのだ。

実際、あのときの友希の病状はどんなものだったのだろう。そしていまは、あのときと比べてどうなのだろう？　大学には普通に通っているようだから、道を歩くことに大きな不自由はないのだろうけれど、こんな天候ではなおのこと不安が募《つの》るだろう。いま友希がどこにいるのかも分からないくせに、漠然《ばくぜん》とした懸念《けねん》を抱いた。

短い思案のあと、蒼は携帯電話を取りだした。だがすぐにはかけることができず、しばらく液晶画面を見つめていた。次から次へと灰のように降りかかる雪は、液晶画面に触れるとやがてすうっと消えるように溶けていった。

ここ数回はずっと拒否されているのだから、かけるだけ無駄かもしれないとは思う。

これ以上惨《みじ》めになりたくない、という友希の言葉は蒼にとってかなり深刻だった。かつて蒼も、友希や貴志《たかし》に対して同じことを思ったからだ。他人になにかをしてもらうばかりでなにもしてあげられないいまの自分に、誰かを好きになる資格などあるはずがないという理由から――――。

だがいまになって蒼は思い直す。結果的には大事に至らなかったとはいえ、あの夏の日思いきって外に出たことで、自分は友希のために少しはなにかをしてあげられたのではないだろうか？　そもそもそれまでは「どうせできないから」となにもせずにいたのだから、なにもしてあげられなくてあたりまえだったのではないか。

こくりとうなずくと、蒼は電話をかけた。呼び出し音が何度も繰り返される。出る気配がないことに諦めかけたとき、プッッと鳴ってから音がやんだ。一瞬切られたのかと思ったが、電話のむこうは静まり返っている。切れてしまったのなら、ツーという音が聞こえてくるはずだ。

「……友希？」

半信半疑のまま蒼は訊いた。

「そうよ」

久しぶりに聞いた友希の声は思ったよりも活気があった。そのことに安堵しながら、蒼はなにを話そうかいまさら迷った。

「なあに？」

先に友希が尋ねたので、蒼はひとまずほっとした。しばらく電話を拒否しておきながらこの反応も、そうとう不自然なものではあるのだが。

「なあに？」

友希は同じ言葉を繰り返した。

「いや……」

蒼は答えに窮《きゅう》したが、友希は追及しようとしなかった。だから二人はしばらく黙りあっていた。やがて友希が先に口を開いた。

「ねえ、今日コンサートだったね」

つなぐ言葉に困っていた蒼からすれば、助け船のようなものであるはずだった。だが彼はますます友希の意図がつかめなくなって慎重に答えてしまう。

「うん、いま帰っているところ」

「え、どうやって？」

「歩い……………」

素直に答えかけて、蒼はふと疑問に思う。帰る手段なんて、普通に考えてバスに決まっている。たまたま雪のせいで歩くことを余儀なくされているが、通常であればあらためて尋ねることでもない。天候から多少の混乱を予想できたとしても、友希が家にいるのなら、質問は「バス、動いている？」というものになるのではないか？

だが友希はほとんど間をおくことなく、交通手段を尋ねた。それは彼女も交通手段を気にしなければならない状況にいるからではないのか？

（つまり？）

もしかしたら友希は――――。

まさかの思いを抱きながら、蒼は口を開く。

「いま、どこにいるの？」

は踏みしだかれてゆく。


「え?」

不意をつかれたように、友希は黙りこんだ。蒼は足を進めた。ざくざくと音をたて、雪は踏みしだかれてゆく。

「どこって……」

電話のむこうから、戸惑った声がする。反対側の歩道にある、斜めむかいの位置のバス停に人影を見つけて蒼は息をつめた。煉瓦《れんが》色のコートに赤いバッグを斜めがけにした人物は、うつむき加減で顔は見えない。携帯電話を使っているのかどうかも、四車線を挟んだこの距離と明るさではよく分からなかった。

友希なのだろうか? こちらを見ている気配はない。もし蒼がここにいることに気付いたのなら、彼女はどうするのだろう? 知らぬふりをするのだろうか? 実際、大学の正門の前ではそうした。もしいまあの場に行って友希なのかと問いつめても、ちがうと言われればそれ以上の追及はできない。

「コンサート、聴きに来てくれたんじゃない?」

シラを切られる前に先手をうった。友希から反応はなかった。

もちろんバス停に立つ人影も——別人かもしれないという、不安が胸をよぎる。

ややあって、ふたたび声がした。

「うん、行ったよ」

あっさりと認めた友希に、蒼は問う。

「会いに来てくれたの?」

「顔が見たかったのよ」

間をおくことなく友希は答えた。

「大学でもそうよ。蒼君がそこにいると思ったら、じっとしていられなかったの」

彼は道路を挟んだ先に立つ、煉瓦色のコート姿に目をむけた。あれが友希だと決まったわけではないのに、いますぐ駆けよって抱きしめたい衝動にかられた。

しかし――。

「見えるうちに、見ておきたかったから」

胸に重いものが落ちてきた。どうなるかなんて分からない、などという言葉がたいした慰めにならないことを蒼は身に染みて知っていた。そもそも言葉を探すこと自体が無意味なのだと先日考えたばかりだった。

抱きしめたいと、あれほどたぎっていた思いが急速に鎮まってゆき、代わりにどうしようもない失望感と無力感が広がってゆく。自分がどうしたらよいのか見当がつかず、携帯電話を握りしめるしか術《すべ》がない。

いったいなんのために、あの二年があったのだろう。

そしてなんのために、あの状況で友希と出会ったのだろう。

数々の偶然に目に見えない力が働いているのだとしたら、それは幸不幸を問わず未来のためにあったはずなのに。

「教えて」

友希は声を震わせた。

「見えなくなったら、どうなるの？」

言葉が出てこなかった。言いたいこと、伝えたい思いはあふれそうなほどあるのに、石を呑《の》んだように喉《のど》をふさがれてしまっている。奔流のようにせりあがる感情は、自分ではどうにもならない力が働いているのかと思うほどに言葉にならない。

「それは……」

うめくように声を絞りだす。

そのとき、遠くからがしゃがしゃと氷を砕くような音が聞こえてきた。あたりを見回した蒼は、むかいの路線をバスが走ってきていることに気がついた。

「待って！」

悲鳴のように彼は叫んだ。チェーンを付けてスピードを落としているバスが、高速を走る車のように猛スピードに感じた。蒼は歩道を走った。走りながら必死に叫んだ。

「乗らないで！　言いたいことがあるんだ」

「え？」

会話はエンジンの大きな音にかき消された。天井に雪をかぶったバスが、蒼の視界を遮断した。寸前で逃げられたハレルヤコーラスを聞いたあのときを思いだし、藁《わら》をもつかむような思いで蒼は叫んだ。

「同じだよ！　友希は友希だから」

自分が口にした単純な言葉に、蒼は衝撃を受けた。

だから、つながらなかったのだ。現在の自分と過去の自分が、それぞれにたがいをちがうものとしていたからひとつの線にならなかった。

それは、気付かなかったからだ。

どんな形で弾こうと、三十九番のアリアはひとつしかないということに。

過去において、現在において、そして——。

音をたててバスが走り去っていった。荒い息のまま、蒼は反対側の歩道を見た。彼は右目しか見えない。四車線分の距離があった。絶えず雪が降りつづけていた。

それでも——。

一面の銀世界の中、煉瓦色のコートが浮かびあがっているのを、蒼は見つけた。

「友希？」

彼女を見つめたまま、携帯電話に蒼は語りかけた。

「………そうよ」

携帯電話を通して、彼女の声が聞こえた。

道路を挟んで、蒼は灰色の世界に浮かびあがる友希の姿をじっと見つめた。あれほど切望していた対面をはたしたのに、どうして駆けよらないのか自分でも不思議だった。

「俺が、誰だか分かる？」

「知っている。あたしは、ずっとあなたを見ていたから」

蒼は携帯電話を切ると、車が来ていないことを確認して車道を横切った。

友希はこれといったリアクションを起こさず蒼を待っていた。ただ、ひどく緊張した面持ちをしてはいた。

人ひとり分の距離を隔《へだ》てて、蒼は立ち止まった。ニットキャップを深くかぶった友希の顔を見ても、呆《あき》れるぐらい冷静な自分を蒼は自覚していた。彼女の目も鼻も口も、蒼には人の顔を表す記号にしか感じられなかったのだ。

「ごめん、約束破って」

白い息を吐きながら、蒼は言った。

友希は緩く首を振った。

「あんなムシのいい約束、長くつづけられるわけがないもの」

「そんな――」

少し声が大きくなった。

「俺のほうから言ったことだよ」

「あたしが、そうしてほしがっていると思ったからでしょう?」

どこか自嘲めいた口調で友希は言った。今度は蒼がゆっくりと首を横に振った。

「それもあるけど、それだけじゃない」

「え?」

「俺も、友希の声が聴きたかったから」

きっぱりと蒼は言った。友希はまるで不意討ちをくらったように目を丸くした。

彼女の大きな瞳に涙が浮かぶまで、時間はかからなかった。あふれかえった涙は瞬《また》く間に頬をつたい、震える唇を濡らした。

「どうして……」

嗚咽《おえつ》交じりの声を漏らすと、友希は激しく首を振った。

「どうしてなの！」

絹を裂くような叫びに、蒼はびくりと肩を震わせた。

「ねえ、どうして？　どうしてあたしがこんな目にあわなきゃいけないの？　あたし、ずっと蒼君のそばにいたかったのに！　ずっとあなたを見ていたいのに！」

まるで挑むような剣幕で友希は叫んだ。たまらず蒼は歩み寄り、彼女を抱きしめた。蒼の胸の中で、友希は声をあげて泣いた。悲痛な叫びが激しい嗚咽にかき消されてゆく。

蒼は強い無力感を抱いたまま、友希のニットキャップや煉瓦色のコートに、雪が積もり白い膜を作ってゆくさまを眺めていた。

対象の分からぬ怒りと歯痒《はがゆ》さに、叫びだしたくなる。こみあげる衝動を抑えようと、強く奥歯をかみしめると、まるで絞りだしたように両目から涙がにじみでた。

どれほど辛くても逃げることのできない厳しさと、対する自分の無力さをこれまで何度も痛感した。いい加減慣れてもいい頃だと思うのに、懲《こ》りもせずまた痛感している。しかもかつてないほど強く――。

そのとき、左の目の下になにか触れた感触がした。視力のないほうだったので、なにが触れたのか、とっさには分からなかった。

いつのまにか、友希が顔をあげていた。

涙の跡の残る瞳で蒼を見上げている。眼窩《がんか》に触れていたのは、彼女の指だった。

「泣いているの？」

ひどく不思議そうに友希は言った。

そこまで進行していたのかと、一瞬ひやりとした。

「雪かと思った」

彼女の言葉に、胸をなでおろした。そういえば今日は両目から涙が出ている。気恥ずかしさの中、ふと冷静に思った。

「涙を見て、安心することもあるのね」

静かに友希は言った。蒼はその言葉の意味が分からなかった。

友希は指をずらし、涙と雪で濡れた蒼の頰に触れた。彼女はまるでなにか探し物でもしているかのように丹念に、時間をかけてゆっくりと蒼の頰を撫《な》でつづけた。

指を離したあとも、友希はじっと蒼を見上げていた。

やがて彼女はぽつりと言った。

「涙って見るだけじゃなく、触れることもできるのね」

「え？」

「……ちょっと、安心した」

そう言った友希は、別人のように落ちつきを取り戻していた。軽くうつむくと、彼女は存在を確認するように蒼の胸にこつんと額をぶつけた。

ふわりと懐かしい香りがかすめた。その瞬間、蒼の胸に小さな火が灯《とも》った。

「友希なの？」

問いかけるように呼ぶと、友希はふたたび顔をあげた。大きな瞳をびっしりと縁取った睫《まつげ》にも、寒さのため血の気を失った頬にもしきりに雪が降りそそいでいた。

祈るような思いで、蒼は彼女の言葉を待った。

「そうよ」

震えた唇から、白い息を吐いて友希は答えた。自分の呼びかけに、彼女が直接答えたところを目にしたのは、はじめてだった。まるで湧き水のように、蒼の胸に実感がこみあげてきた。携帯電話で聞いた声と、髪が触れるほどそばでささやかれた声が同じなのだと、はじめて思えた。

蒼は友希の姿をじっと見つめた。

強くカールした長い睫には、小さな雪の粒がかかっていた。青ざめて陶器のようになった頬には、かすかにソバカスが散らばっていた。ニットキャップからはみだした髪は、ミルクコーヒーのような色で、わずかにのぞく耳朶《じだ》には、赤いピアスがはめこまれていた。

そのひとつひとつを食い入るように、蒼は見つめた。

「本当に友希なんだね」

かみしめるように彼はつぶやいた。手探りで触れたすべらかな肌。指にからめた長い髪。すんなりと伸びた手足。いたずらのように時折かすめた香り。あれらの持ち主が自分の胸の中にいるのだと、いまはじめて思えた。

過去と現在が、蒼の中でようやくひとつの線になった。

「そうよ」

同じ言葉を友希は繰り返した。

見えない目が見せた幻などではない。東堂《とうどう》友希は、有村《ありむら》蒼の世界にきちんと存在する人間だった。

見えない世界は見える世界と同じように存在していた。

蒼は手を伸ばし、友希の顔にかかった雪をていねいにとりはらう。彼女の瞼《まぶた》、鼻、頬に触れながら、かみしめるように蒼は言った。

「そうだね、前に会ったときと同じだ」

一瞬きょとんとしたあと、友希は戸惑うような表情を浮かべる。

蒼はゆっくりと首を横に振った。

「見えても、見えなくても同じだよ」

友希は目を見開いて、まじまじと蒼を見つめた。彼は静かな微笑を浮かべ、こくりとうなずいた。

「最近、ずっと考えていたんだ」

落ちついた声音《こわね》で蒼は言った。

「どうして、あの二年間があったんだろうって……」

「……………」

「やっと分かった気がする」

悩んで、苦しんで、迷って、ときには否定したことさえあった日々。だけどいくら否定したところで、過去も現在も頑としてそこにありつづけた。だからあの日々は、否応《いやおう》なく自分の心身に溶けこんでいる。そしていまの自分を作りあげている。言葉はなくとも、こうして彼女の涙や怒りを受け止め、抱きしめることができるようになった自分を――。

気がつくと友希は、まるで挑むような目をしていた。

彼女の視線をまっすぐに受け止め、蒼は未来への決意を告げた。

「だから、絶対に大丈夫だから」

友希は身じろぎもせず、その言葉を聞いた。

やがて、凍えた唇がそっと動いた。

「――ありがとう、逃げないでいてくれて」

蒼は微笑を浮かべて、小さくうなずいた。

あの二年で自分が得たものは、気の利いた言葉でも優れた知恵でもなく、きっとそういうものなのだと思った。

雪は静かに降りつづけていた。

とりはらったばかりなのに、友希の身体《からだ》にはまた白いものが積もりはじめていた。

彼女の顔や髪が白く染まってゆくのを、蒼は今度はなにもせずに見つめていた。友希もその真意を探るように、じっと蒼を見つめ返していた。

やがて彼女ははっきりとした口調で言った。

「あのね、あたしもいま分かったの」

友希は空をむくようにくいっと顎《あご》をもたげた。髪や頬にかかった冷たい雪が、今度は彼女自身の力によってふり落とされた。力強い動きに蒼は目を奪われる。

友希は、蒼を見つめ直して言った。

「どうなっても、あたしはあたしなんだってことが」

※この作品はフィクションです。実在の人物・団体・事件などにはいっさい関係ありません。

集英社オレンジ文庫をお買い上げいただき、ありがとうございます。
ご意見・ご感想をお待ちしております。

● あて先
〒101-8050　東京都千代田区一ツ橋2-5-10
集英社オレンジ文庫編集部 気付
小田菜摘先生

集英社
オレンジ文庫

君が香り、君が聴こえる

2016年5月25日　第1刷発行

著　者　小田菜摘
発行者　鈴木晴彦
発行所　株式会社集英社
〒101-8050東京都千代田区一ツ橋2-5-10
電話【編集部】03-3230-6352
【読者係】03-3230-6080
【販売部】03-3230-6393（書店専用）
印刷所　図書印刷株式会社

※定価はカバーに表示してあります

ISBN 978-4-08-680083-9 C0193